Coverillustration: Jumana Hamandouche

Edie Kramer

Ein Freundschaftsdienst

Roman

© 2024 Edie Kramer
Verlag: BoD · Books on Demand GmbH,
In de Tarpen 42, 22848 Norderstedt
Druck: Libri Plureos GmbH, Friedensallee 273,
22763 Hamburg
ISBN: 978-3-7693-0334-6

Prolog

Heute werde ich es tun. Es ist Donnerstag. Morgen ist der letzte Schultag vor den Sommerferien. Zeugnisausgabe. Ich weiß schon, dass ich eine Vier in Mathe und in Bio kassieren werde. Meine Mutter wird ein Gesicht ziehen, als hätte ich sie persönlich beleidigt, die Vieren gegen die Zweien in ihrem dämlichen Belohnungssystem aufrechnen und mir mit gekränkter Miene mitteilen, dass ich leider keine Belohnung zu erwarten habe. Unsere Klassenlehrerin ist auch enttäuscht von mir. Ja, sie hat recht, ich habe anderes im Kopf. Und das ist eigentlich schuld an meinen schlechten Noten.

Ich bin bereit. Noch zwei Stunden, und es ist so weit. Abends im Bett bin ich wieder und wieder den Ablauf durchgegangen. Ich konnte sowieso kaum schlafen. An nichts anderes mehr denken. Heute früh, beim Aufstehen, haben mir die Beine gezittert.

In der Schule kriege ich schon länger nicht viel mit. Die Mathetante hat schon gefragt, ob etwas nicht stimmt bei mir zu Hause. Das hätte nicht passieren dürfen. Ich will nicht auffallen. Ich brauche einen kühlen Kopf. Niemand darf mir etwas anmerken.

Ich muss es, ich werde es tun. Es wird nichts schiefgehen. Es ist mein heimliches Geburtstagsgeschenk für sie.

Nächste Woche wird sie fünfzehn. Dann sind wir wieder für acht Monate gleich alt. Ich sehe sie immer noch vor mir, wie ihre Augen vor Freude blitzten, als sie sechs wurde, sie mich endlich »eingeholt« hatte. Die Woche darauf – es war ein furchtbar heißer Sommertag – wurden wir eingeschult. Sie hätte noch ein Jahr mit der Schule warten können, hatte aber den Einschulungstest bestanden. Außerdem stellte sich schnell heraus, dass sie schon lesen konnte. Dank der *Sesamstraße*, die sie keinen einzigen Tag versäumte. Auf dem Klassenfoto von unserem ersten Schultag stehen wir nebeneinander, mit unseren Schultüten voller Süßigkeiten, die in der Hitze langsam dahinschmelzen, und lächeln mit breiten Zahnlücken in die Kamera. Da waren wir schon ein Jahr befreundet. Sie war mit ihren Eltern in die Wohnung neben uns gezogen. Wir hatten uns ein paar Tage auf dem Spielplatz gegenseitig beäugt. Dann ist sie auf mich zugestapft und fragte, ob ich ihre Freundin sein wolle. Ich nickte, und die Sache war geklärt.

Als wir in die dritte Klasse kamen, fing es an.

Nächste Woche werde ich ihr irgendeine DVD, vielleicht einen französischen Film, sie liebt französische Filme, zum Geburtstag in die Hand drücken. Es wird mir schwerfallen, mir nichts anmerken zu lassen. Keine Andeutungen zu machen. Vor ein paar Tagen habe ich mir ausgemalt, dass ich ihr danach alles erzähle und sie mir um den Hals fällt. Total bescheuert. Vielleicht kommt irgendwann, in ein paar Jahren, der richtige Zeitpunkt, um es ihr zu sagen.

Oder nie.

Die kleine Kamera habe ich von Onkel Michael

geliehen. Sollte der eigentliche Teil meines Plans schiefgehen, werde ich ihm die Aufnahme in einem verschlossenen Umschlag zur Aufbewahrung geben. Nein, ich werde ihm auf jeden Fall die Videoaufnahme anvertrauen. Bis alles vorbei ist. Dann werde ich das Filmmaterial zerstören. Oder besser nicht? Darüber kann ich jetzt nicht nachdenken.

Ursprünglich wollte ich ausschließlich filmen und ihren Vater, das widerliche Schwein, mit dem Video unter Druck setzen. Dann habe ich Angst gekriegt. Angst, dass er mir etwas antut.

Ich habe Onkel Michael nicht gesagt, worum es geht. Er ist der einzige Verwandte, auf den ich mich hundertprozentig verlassen kann. Er ist völlig anders als meine Mutter. Er nimmt mich ernst.

Ihr Zimmer grenzt an meines. Ich habe es geprobt: Die Kamera auf das Stativ geschraubt, die zusammengeklappten Stativbeine mit Gafferband an einen Besenstiel geklebt, damit die Länge stimmt. Jeden Handgriff habe ich wieder und wieder geübt, seit Wochen.

Ich darf nicht vergessen, die Kamera anzustellen.

Unser Mietshaus liegt am Rand der Siedlung. Von unseren Fenstern aus schaut man auf eine ungepflegte Rasenfläche mit verwitterten Spielgeräten, den schäbigen Maschendrahtzaun. Dahinter liegt die stillgelegte Fabrik. Es gibt keinen Grund, Jalousien herunterzulassen oder Gardinen zuzuziehen.

Damals begann sie, an ihrer Nagelhaut zu beißen, bis es blutete.

Manchmal kam sie mir übertrieben fröhlich vor, dann wieder starrte sie Löcher in die Luft, reagierte patzig, ließ mich abblitzen. Ich weiß nicht mehr, was ich damals verstand. Es ist lange her.

Ihre Mutter kommt seit Jahren spät von der Arbeit zurück. Sie betreut alte Leute, kauft ein, räumt auf, macht ihnen das Abendessen.

Ich wollte es meiner Mutter sagen, traute mich nicht, schämte mich, ich weiß nicht, warum. Vielleicht, weil meine Mutter unsere Freundschaft nie gerne gesehen hat. »Es gibt so viele nette Mädchen in deiner Klasse, was findest du nur an der?«, meckerte sie ständig.

Wir kamen in die dritte Klasse, es war wieder ein heißer Sommer. Ihr Vater kam immer häufiger angetrunken nach Hause. Rülpsend schloss er die Wohnungstür auf und stolperte hinein. Es stank nach Bier und Kneipe, wenn man nach ihm ins Treppenhaus musste.

Die Wände in unserer Siedlung sind dünn. Was nebenan passiert, hört man bis in den letzten Winkel unserer Wohnung. Es ist immer das Gleiche: Erst so eine bedrohliche Stille, dann ist alles Brüllen, Toben, Splittern.

»Macht doch was«, schrie ich beim ersten Mal meine Eltern an. Wir hockten in der Küche vor unserem üblichen Abendbrot. Meine Mutter zuckte bei jedem Krachen zusammen. »Das geht uns nichts an«, sagte mein Vater und biss in sein Wurstbrot, als wäre er ein Wolf, der einen Hasen schlägt.

Mir war heiß und schlecht vor Wut.

Einmal habe ich mit den Fäusten an die Wand getrommelt, bis meine Mutter mich wegzog. »Willst du etwa, dass er auch zu uns rüberkommt und randaliert?«, herrschte sie mich an. Ich hasse meine Eltern, ich hasse sie, wenn ich nur daran denke.

Donnerstags kommt ihr Vater früher als üblich nach Hause.

Als ich das ekelhafte Schnaufen zum ersten Mal hörte … Ich war allein zu Hause, wollte aufspringen … ein Loch in die Wand schlagen … an ihrer Haustür klingeln. Irgendetwas tun. Ich war allein zu Hause, wusste nicht, wohin mit mir. Meine Eltern kamen nie vor 18 Uhr von der Arbeit zurück. Aber ich saß wie gelähmt auf meinem Bett. Noch Tage später konnte ich meinen Kopf kaum drehen, so steif war mein Nacken.

Wenn sie ihre Tage hat, haut er ihr eine runter und verschwindet wieder aus der Wohnung. Den Anblick ihres Blutes erträgt er nicht. Wir haben gleichzeitig unsere Menstruation bekommen. Blass und mit Bauchkrämpfen saßen wir in der Schulbank. Wir mussten nicht drüber reden. Ich kann ihr immer ansehen, wann sie ihre Tage hat.

Danach, all die Jahre, habe ich laut Musik gehört oder meine Oma in der Nähe besucht. Meinen Eltern habe ich nichts gesagt, ich konnte nicht, sie sind wie Fremde für mich geworden, da ist kein bisschen Vertrauen. Von ihnen war keine Hilfe zu erwarten.

Manchmal ist sie donnerstags abgehauen. In die Stadt gefahren. Dann verprügelte er sie abends. In der Schule behauptet sie, sie wäre hingefallen, wenn sie einen Bluterguss im Gesicht hat. Niemand fragt weiter nach. Sie trägt selbst an heißen Tagen Oberteile mit langen Ärmeln, damit man ihre blauen Flecken nicht sieht. Mit wütenden Blicken hält sie mich in Schach, wenn ich etwas sagen will.

All die Jahre wollte ich ihr helfen, sie trösten. Manchmal bin ich ihr tags darauf aus dem Weg gegangen. Ich konnte ihr nicht in die Augen sehen.

Mit zwölf wollte ich ihn im Treppenhaus zur Rede stellen. An diesem Donnerstag sollte alles anders werden. Er sollte bereuen, für immer die Finger von ihr lassen. Ich war so naiv. Ich baute mich vor ihm auf, als er die Treppe heraufkam. »Was willst du?«, zischte er mich wütend an. Ich bekam kein Wort heraus. Sein saurer Bieratem war eklig. Alles an ihm war abstoßend, seine Klamotten rochen nach altem Schweiß. Er schob mich beiseite, wie ein ekliges Insekt, das man nur widerwillig berührt, und verschwand in der Wohnung. Mit zitternden Beinen stand ich da und starrte auf die verschlossene Wohnungstür.

Am nächsten Morgen war ein Schweigen zwischen ihr und mir – unendlich wie das Universum. Es war, als würde sie lautlos schreien: *Misch dich nicht ein!* Ich war wütend. Sie sollte wissen, dass ich sie liebte, dass ich ihr helfen wollte. Danach habe ich nichts mehr unternommen, aus Angst, ihr zu schaden.

Ich ließ sie fallen, konnte sie nicht mehr ertragen.

Sie kam nicht mehr zu uns rüber, ich ging morgens früher aus dem Haus. Ich wollte ihr nicht begegnen. Sie wurde nicht versetzt, ich war erleichtert. Donnerstags verließ ich unsere Wohnung, traf andere aus meiner Klasse. Ich hing ein paar Monate mit Tom ab, in den ich nicht wirklich verliebt war. Viel mehr als ein bisschen Händchenhalten war da nicht. Ich glaube, Jungs sind nichts für mich.

Seit letztem Jahr sind wir wieder befreundet. Eines Nachmittags stand sie einfach wieder vor der Tür. Wir gehen ins Kino. Wir gucken Videos bei mir, joggen, machen Pläne für später. Meine Mutter redet nicht mit ihr. Es ist mir egal. Über die Donnerstage, ihren Vater, reden wir nicht. Das ist die unausgesprochene Bedingung. In vier Jahren gehen wir zusammen nach Berlin – lassen die beschissene Siedlung hinter uns. Ich werde auf sie warten, ein soziales Jahr machen oder sowas, bis sie ihr Abi hat.

Seit Wochen übe ich jeden Handgriff. Es muss alles schnell gehen. Falls etwas schiefgeht, werde ich ihm mit der Filmaufnahme drohen, ihn damit erpressen. Sollte ich erwischt werden, habe ich auf jeden Fall die Filmkassette, die alles beweist.

Es muss klappen.

Ich kenne ihr Zimmer nur durch die Probeaufnahmen. Nie haben wir bei ihr rumgehängt. Es war immer klar, dass wir zu mir gehen.

Ihr Vater sieht unauffällig aus, wie ein stinknormaler Langweiler. Er wirkt auch nicht sonderlich kräftig. Ich verstehe nicht, wieso ihre Mutter nicht zurückschlägt. Wieso sie ihn nicht längst rausgeworfen hat. Warum sieht sie nicht, was dieses Schwein ihrer Tochter antut? Sie wirkt von Weitem wie ein Kind, ist viel jünger als er, aber bei der Arbeit schafft sie es, die alten Leute vom Rollstuhl ins Bett zu hieven!

All die Jahre kannte ich sie nur mit schulterlangen Haaren. Letzte Woche stand sie mit raspelkurzer, grellblonder Punkfrisur vor der Tür. Sie war mit der Papierschere und einem billigen Färbemittel zu Werk gegangen. »Meine Mutter hat entsetzt aufgeschrien, als sie vom Einkaufen kam!« Ihre Stimme voller Genugtuung. Ich war echt geschockt bei ihrem Anblick, ließ mir aber nichts anmerken. Mir war schon klar, dass sie nicht toll damit aussehen wollte.

Endlich wird sie rebellisch, dachte ich, bekam es aber dann mit der Angst zu tun. Ich wollte nicht, dass er sie deswegen am Ende krankenhausreif schlägt und meine Aktion verhindert.

Unten knallt die Haustür ins Schloss. Das ist er. Ich kenne seinen Schritt. Sie ist zu Hause. Er schließt die Wohnungstür auf. Mein Herz klopft bis zum Hals. Meine Hände zittern, aber nur ein wenig. Jetzt habe ich noch fünf Minuten. Er säuft vermutlich immer erst noch ein Bier in der Küche.

Mein Fenster ist bereits geöffnet. Ich warte, bis er ihr Zimmer betritt. Ich werde mir die Filmaufnahme nicht anschauen, niemals. Ich werde höchstens zwei oder drei Minuten lang filmen. Wenn ich die Kamera reingeholt habe, muss jeder Handgriff sitzen.

Die Angelschnur mit dem kleinen Karabinerhaken um das Treppengeländer in Knöchelhöhe legen, den Karabiner an der Wand einhaken. Den Karabiner habe ich mit einem Grinner-Knoten an der Perlonschnur befestigt. Das hält – ich habe es ausprobiert. Der Grinner-Knoten hat eine hohe Knotenfestigkeit und wird beim Angeln verwendet. Das habe ich in einem Fachbuch für Angler in der Stadtbücherei gelesen und dort, in einer stillen Ecke, geübt. Den Metallhaken auf Höhe der ersten Stufe habe ich schon vor Tagen angebracht. Dann nur noch die verschiebbare Schlinge am anderen Ende der Schnur einhängen. Über die Handgriffe muss ich nicht nachdenken. An meinem Türrahmen habe ich sie lange geübt.

Wegen des gesprenkelten Bodens sieht man die Angelschnur nicht auf den ersten Blick. Außerdem ist es ziemlich düster im Treppenhaus – die Lampe auf unserem Treppenabsatz ist seit Monaten kaputt. Das Treppenhaus ist verkommen, seit Jahrzehnten nicht mehr renoviert worden. Ständig ziehen Leute ein und aus, die Wände sind verschrammt.

Es wird niemandem auffallen, wenn ich mit dem Hammer die Stelle eindelle, wo der Haken angebracht war. Ich werde keine Spuren hinterlassen. Außerdem: Wer wird schon Verdacht schöpfen, wenn ein besoffener Kerl die Treppe runterfällt? Er soll sich die Beine brechen, ins Krankenhaus kommen, damit sie Ruhe vor ihm hat. Und wir zusammen nach Südfrankreich fahren können.

Mir wird heiß. Was ist, wenn er sich abfängt, gar nicht bewusstlos auf dem Treppenabsatz liegen bleibt? Mich festhält, wenn ich mich an ihm vorbeidrücken will? Nein, daran darf ich nicht denken.

Ich will nicht in der Wohnung sein, wenn er gefunden wird. Das ganze Zeug – Schnur, Karabiner, Haken, die Zange zum Entfernen des Hakens und den kleinen Hammer werde ich im Baggersee in der Nähe verschwinden lassen. Mit dem Rad bin ich schnell wieder zurück in der Siedlung. In letzter Zeit bin ich oft in meiner Sporthose zum Baggersee und zurück geradelt. Als würde ich trainieren. Danach lasse ich mich im Eiscafé blicken. Am späten Nachmittag sind da immer ein paar aus der Schule.

Mir ist kalt. Es gibt kein Zurück. Es ist für meine liebste Freundin.

1

Hastig überfliegt sie das Geschriebene. Sie will keine Mail mit Tippfehlern abschicken, aber in zwei Minuten beginnt ihre Lieblingsserie.

Klinikum Köln-Nord. Ein Höhepunkt ihres Tages. Oft der einzige Höhepunkt. Sie liebt diese Serie, ausschließlich wegen dieser tollen Krankenschwester, Schwester Helene. Schwester Helene ist fast eine Art Seelenverwandte geworden. Eine mitfühlende Person, die einen kühlen Kopf bewahrt, meist die richtige Diagnose stellt. Im Gegensatz zu den aufgeblasenen Ärzten. Und dazu noch gutaussehend.

Sie richtet sich auf, atmet tief durch und wandert mit der Maus über die Zeilen. Ihre Schultern schmerzen dumpf. Die Physiotherapeutin im Heim hat ihr ein paar Übungen gezeigt. Die soll sie regelmäßig machen, aber sie hat die Abläufe schon wieder vergessen.

Ich bewege mich den ganzen Tag und dann noch Gymnastik! Hilft doch sowieso nicht.

Fünf Minuten, zweimal täglich, würden schon was bringen, hat sie gemeint.

Die hat gut reden. Wenn eine Bewohnerin während der Physiotherapie aufs Klo muss, klingelt sie einfach. Unsereiner macht die Drecksarbeit.

Sie kann sich nicht erinnern, wann sie sich das letzte Mal rundum wohlgefühlt hat. Vielleicht vorletztes Jahr, als sie mit Ulrike an Weihnachten nach

Mallorca geflogen ist. Da haben sie es ordentlich krachen lassen, sogar tanzen waren sie. Haben sich was gegönnt. Das türkisfarbene Kleid hat sie seitdem kein einziges Mal mehr angehabt.

Passt vermutlich gar nicht mehr.

Sie schiebt den Gedanken an die zehn Kilo, die sie in den letzten zwei Jahren zugelegt hat, schnell beiseite. Nur, dass ihre Knie höllisch wehtun, kann sie nicht mal im Schlaf ignorieren.

An die Hausverwaltung Ritterstraße 39a,
sehr geehrte Damen und Herren,
schon vor Wochen habe ich Ihnen mitgeteilt, dass sich in unserem Mietshaus Ratten im Keller eingenistet haben. Ratten übertragen Krankheiten! Bisher ist nichts passiert. Außerdem sind mehrere Briefkästen aufgebrochen und demoliert worden. Das Treppenhaus wird nicht regelmäßig geputzt. Alles verwahrlost. Veranlassen Sie endlich das Nötige.
Hochachtungsvoll
Irene Drechsler

Sie rümpft die Nase. Das »hochachtungsvoll« missfällt ihr, stimmt ja auch gar nicht, dass sie die Hausverwaltung hochachtet, aber was soll sie stattdessen schreiben? So schreibt man halt. Vielleicht kommt es sogar ein wenig herablassend rüber.

Bestimmt lassen die wieder wochenlang nichts von sich hören.

Sie drückt auf Senden, fährt den Computer herunter und macht das Licht hinter sich aus. Im Wohnzimmer greift sie nach der Fernbedienung und lässt sich aufs Sofa fallen. Ein scharfer Schmerz fährt ihr ins Kreuzbein.

Verdammt nochmal. Ich bin kaum über fünfzig und ein Wrack. Die Arbeit macht mich fertig. Und das verfluchte Sofa gehört schon lange auf den Müll. Wie alt ist das eigentlich? Völlig durchgesessen und so verdammt niedrig. Ich komm ja kaum hoch.

Sie schüttelt ein dickes Samtkissen mit Katzen-applikation auf und schiebt es sich stöhnend in den Rücken. Gerade geht der Vorspann zu Ende.

Geschafft!

Sie seufzt schwer, legt ein kleineres Seidenkissen auf den Couchtisch und die Beine darauf.

Der Meyer wird immer schwerer, den krieg ich kaum noch alleine aus dem Bett. Die reizenden Kollegen haben selbst sooo viel zu tun und gucken schräg, wenn man sie mal um Hilfe bittet. Na ja, die Sibel nicht, das ist einfach 'ne Gute.

Wenn sie Dienst hat und um 17 Uhr ihre Serie nicht gucken kann, zeichnet sie die Folge auf und schaut die verpasste Folge direkt, wenn sie nach Hause kommt, bei einer Tasse Kaffee oder einem Glas Wein. Aber es fühlt sich besser an, sie zur »richtigen« Sendezeit zu sehen. Sie kann sich das nicht erklären, die Serie ist schließlich keine Livesendung. Sie fühlt sich Sophie, Sophie van Haaren, die Schwester Helene spielt, dann einfach näher.

Manchmal kann sie es einrichten, sich im Zimmer einer bettlägerigen, meist dementen Bewohnerin mit Fernsehgerät aufzuhalten. Als Erstes schaltet sie den entsprechenden Sender ein, reicht, während die Serie läuft, der alten Dame zu trinken oder wechselt die Vorlage. Kommt zufällig Besuch rein, eine Angehörige oder eine ehemalige Nachbarin, dann wirkt sie beschäftigt und behauptet beiläufig, dass sie weiß, dass Frau Sowieso schon früher gerne Krankenhausserien geguckt hat.

Ärgerlich ist, wenn Sophie eine längere Szene hat und ausgerechnet dann ihr Piepser losgeht. Weil jemand aufs Klo muss oder eine Mandarine geschält haben möchte. Dann schaut sie notgedrungen die Aufzeichnung zu Hause.

Sophie van Haaren ist ihre absolute Lieblingsschauspielerin. Seit vier Jahren spielt sie die patente Krankenschwester, die mit ihrer Intuition immer richtig liegt. Köstlich, wenn ihr die arroganten Ärzteschnösel Abbitte leisten müssen.

Vor Jahren war Sophie van Haaren, damals sah sie noch recht jugendlich aus, in einer Serie als verwöhnte Pferdenärrin im Nachmittagsprogramm zu sehen gewesen. Das war eher was für Teenies. Als Pferdemädchen hatte Sophie sie ein wenig an die Nachbarsgöre, mit der ihre Tochter immer so dicke war, erinnert. Die arrogante Rotznase, die sie immer vorwurfsvoll anguckte und nicht grüßte. Ja, eine Ähnlichkeit war da.

Wie hieß die noch mal? Egal, auf jeden Fall nicht Sophie. Die Nase stimmte auch nicht.

Sie war ihr damals schon aufgefallen. Aber erst durch die Rolle als Krankenschwester hat sich ein

Gefühl der Nähe zu ihr entwickelt. Eine fast zärtliche Verbundenheit, die Isie spürt, sobald Sophie im weißen Kittel die Szene betritt.

Wenn in einer Folge medizinische Begriffe auftauchen, mit denen sie nicht vertraut ist, kritzelt sie diese an den Rand ihrer Fernsehzeitung und schaut anschließend im Pschyrembel, einem klinischen Wörterbuch nach, das seit ihrer Ausbildung zur Altenpflegerin im Bücherregal steht. Sie stellt sich dann vor, dass Sophie das Gleiche getan tat, um sich auf ihre Rolle vorzubereiten.

Vor Kurzem gab es da diese Folge, in der ein älterer Patient heftige Schmerzen in der Seite hatte. Alle dachten, er hätte sich nur eine Rippe gebrochen. Er wurde geröntgt, aber da war nichts. Der Oberarzt hielt den Mann für einen Simulanten, wollte ihn heimschicken. Schwester Helene nahm die Schmerzen des alten Herrn ernst, schlug eine Ultraschalluntersuchung des Bauchraumes vor, und es wurde ein kleines Nierenzellkarzinom entdeckt. Dank Schwester Helene konnte der Mann operiert und gerettet werden.

Irene schaut auf ihre Armbanduhr: Zwanzig Minuten sind vergangen und Schwester Helene ist nur einmal kurz bei der Medikamentenausgabe zu sehen gewesen. Doktor Krämer, dieser karrieregeile Schmierlappen, hat versucht, sie anzubaggern. Ekelhaft.

Sie bewundert die Gelassenheit, mit der Sophie diese Rolle spielt, wo sie doch lesbisch sein soll. Aber sie ist schließlich Schauspielerin. Die Kroymann hat doch früher auch eine Pfarrersfrau gespielt. Wäre ja blödsinnig, wenn lesbische Schauspielerinnen nur Lesben spielen dürften.

Da hätten sie nicht viel zu tun.

In einer Talkshow hat Sophie das mal ganz beiläufig erwähnt, allerdings ohne zu verraten, ob sie liiert ist. Sie soll irgendwo in der Südstadt wohnen. Ulrike, ihre frühere Kollegin, behauptet das jedenfalls. Ulrike ist auch lesbisch unterwegs, hat mal versucht, bei ihr zu landen, aber bei ihr war da nichts. Eigentlich in keine Richtung. Sie vermisste nichts. Na gut, manchmal würde sie gerne mit jemandem kuscheln, mehr aber auch nicht.

Aber treffen würde ich die Sophie van Haaren schon gerne.

Sie stellt sich vor, wie sie der attraktiven Schauspielerin von ihrer aufreibenden Arbeit im Altenheim erzählt. Dass sie mit ihr über die Zustände in der Stadt redet. Dass sie sofort einen Draht zueinander spüren, im Laufe der Zeit Freundinnen werden.

Als der Titelsong einsetzt, schreckt sie aus ihren Tagträumen auf.

Was, die Folge war zu Ende, ohne dass Sophie ein weiteres Mal aufgetaucht ist! Was sollte das denn? Wurde sie jetzt aus der Serie gemobbt?

Irene stützt sich auf dem Couchtisch ab, hievt ihren Körper in die Vertikale, schaltet den Fernseher aus und schlurft steifbeinig in die Küche. Am liebsten würde sie sofort beim Sender anrufen. Ihr Magen flattert vor Empörung. Wütend zerrt sie eine Pizza aus dem Gefrierfach, reißt die Folie herunter und schiebt sie in die Mikrowelle. Sie gießt sich den Rest Rotwein aus der angebrochenen Flasche von gestern in das schon benutzte Glas, das neben dem Spülbecken steht und nimmt einen kräftigen Schluck. Sie weiß nicht, wohin mit ihrer Wut. Am liebsten hätte sie Ulrike angerufen. Aber die war mit ihrer Neuen auf den Kanaren.

»*Babsi* mag Mallorca nicht«, äfft Irene den Tonfall ihrer ehemaligen Kollegin nach. Die konnten ihr beide gestohlen bleiben.

Fünf Jahre war sie mit Ulrike zusammen in Urlaub gefahren, im Sommer waren sie nach Mallorca geflogen. Cala Ratjada. Sie hatten es so gut miteinander gehabt. Schöne Strandtage, abends ein bisschen Party. Im Herbst hatten sie sich eine Woche in einem Hotel in der Eifel verwöhnen lassen. Lecker Essen, Pool, Massage. Alles prima. Bis diese Barbara neu ins Team kam und alles kaputt machte. Als sie die beiden knutschend in der Umkleide überraschte, war ihr schon klar, dass die gemeinsamen Abende und Urlaube mit Ulrike Schnee von gestern waren. Schon klar, Ulrike war ewig Single gewesen und sehnte sich nach einer Beziehung. Sie selbst hatte sie abblitzen lassen. Für sie kam eine Beziehung nicht infrage, nicht nach allem, was sie erlebt hatte. Egal, ob Mann oder Frau.

Trotzdem hatte sie die veränderte Situation auf der Arbeit nicht ertragen können, den ständigen Anblick von Babsi und das blöde Geturtel der beiden. Sie ließ sich krankschreiben, suchte sich eine neue

Arbeitsstelle. Ulrike reagierte irgendwie bekümmert, aber auch erleichtert. Die neue Liebe ging vor.

Seit ein paar Monaten telefonieren sie wieder, treffen sich ab und zu auf einen Kaffee, wenn Babsi mal nicht zur gleichen Zeit wie Ulrike Dienst hat.

Irene schaut auf die Pizza in der Mikrowelle. Der Käse wirft Blasen, der Rand sieht knusprig aus. Sie schlüpft mit der rechten Hand in den wattierten Handschuh mit dem Rosenmuster – ein Geschenk von Ulrike – stellt das Gerät aus, nimmt die Pizza samt dem Glasteller aus dem Ofen und balanciert das Ganze auf ihrer Hand in Richtung Küchentisch, wo das Holzbrett bereitliegt. Mit dem Brotmesser schneidet sie die Pizza erst in Viertel, dann in Achtel. Als sie die Spitze des ersten schmalen Dreiecks mithilfe aller zehn Finger in den Mund schiebt, ebbt ihre Wut allmählich ab. Sie überlegt, ob sie noch eine Flasche Wein öffnen soll, lässt es aber bleiben. Um sechs muss sie morgen wieder auf der Matte stehen, da kann sie keinen Kater gebrauchen. Sie isst hastig im Stehen. Das letzte Stück lässt sie liegen. Der Käse liegt ihr jetzt schon schwer im Magen.

Sie weiß, dass sie mal wieder schlecht schlafen wird. Sie verträgt den billigen, geschmolzenen Käse und den Fabrikteig nicht. Trotzdem kauft sie weiter Fertigpizza. Sie wollte schon lange mal zum Arzt wegen ihres Sodbrennens. Das wird immer schlimmer, vor allem im Liegen.

Einmal hat sie mit Ulrike zusammen Pizza gebacken. Die hatte den Teig schon am Vortag zubereitet und im Kühlschrank über Nacht gehen lassen! Und richtigen Büffelmozzarella gekauft.

Bekloppt! Büffelmozzarella! Und so ein Aufwand! Typisch Ulrike. Wenn es ums Kochen ging, war ihr keine Arbeit zu viel. Selbst Gemüsebrühe kochte sie selbst. Aber geschmeckt hat die Pizza.

Ich werde mich beim Sender beschweren!

Noch nie war Schwester Helene nur in einer derartig kurzen Szene zu sehen gewesen. Die Entrüstung frisst sich erneut in ihre Gedanken. Sie wischt den Mund am Händehandtuch ab und macht das Licht in der Küche hinter sich aus.

Ich werde ihr eine Mail schicken, schießt es ihr durch den Kopf. Sofort fühlt sie sich hellwach. Im Schlafzimmer setzt sie sich wieder an den wackligen Campingtisch, auf dem ihr Monitor steht.

Wie lange das dauert, bis das Gerät wieder hochgefahren ist!

Bei Google gibt sie Sophie van Haaren ein. Über 10 000 Treffer, aber keine Homepage. Der Focus und Die Welt verwiesen auf Artikel, ihren letzten Auftritt beim Tatort betreffend. Da hat sie eine Sozialtante gespielt. War höchstens zwei Minuten im Bild.

War nicht übel – aber kein Vergleich mit ihren Auftritten in der Serie!

Sie klickt auf Wikipedia, liest die kurze Biografie, lässt die Titel der Filme, in denen sie gespielt hat, an ihren Augen vorbeiziehen. Tatsächlich ist SvH ein Pseudonym, ihr wirklicher Name wird nicht genannt

– auf Wunsch der Künstlerin. Sie ist in Köln aufgewachsen. Irene spürt, wie ihre Begeisterung in einen Schacht stürzt.

Elender Mist.

Es gibt Weblinks zu Kino.de und Filmportal.de.

Sie tippt *Sophie van Haaren Kontakt* ein, aber es tauchen immer wieder nur die gleichen Links auf. Vielleicht funktioniert es, wenn sie *Sophie van Haaren Mail schicken* eingibt. Tatsächlich. Da steht was von live chatten. Sie klickt den Link an. *Werde Sophie-van-Haaren-Freundin* lädt die Seite ein. *Noch ein freier Platz.*

Sie zieht den Cursor auf *Anmelden* und drückt die Maus. Aber es geht nur darum, dass man sich als Fan registrieren lässt und miteinander chattet, nicht mit der Schauspielerin selbst.

Schwachsinn!

Frustriert beendet sie die Registrierung. Ihr Nacken schmerzt höllisch. Mit der rechten Hand knetet sie die Muskulatur und stöhnt auf. *Da hilft nur eine Ibu.* Sie geht ins Bad. Auf der Waschmaschine liegen verschiedene Blisterverpackungen. Sie muss nicht lange suchen, drückt sich eine Tablette aus der Packung, überlegt kurz, ob sie nur eine halbe nehmen soll, steckt die ganze in den Mund und schluckt sie mit Leitungswasser aus den zum Halbrund gehöhlten Händen.

Zurück am PC ruft sie YouTube auf und gibt Sophie van Haaren ein. Die nächste Stunde verbringt sie mit Filmausschnitten, Interviews und der Bambi-Verleihung. Die schmerzhafte Anspannung in Schultern und Nacken lässt etwas nach. Ihr Ärger, dass sie Sophie keine Nachricht schicken konnte, ist verflogen.

Als junge Frau sah sie dieser Rotznase von nebenan wirklich verdammt ähnlich. Wenn ich nur an die hasserfüllten Augen von ihr denke, kommt mir die Galle hoch. Wie hieß die nur? Ständig haben die beiden zusammengegluckt.

Sie fährt den Computer runter.

Schon kurz nach zehn. Ich muss schlafen.

Zufrieden, dank einer Riesendosis Sophie, macht sie kurz danach das Licht aus.

Wäre schön, ihr irgendwann in der Südstadt über den Weg zu laufen.

Sie ist spät dran. Und völlig gerädert. Die Pizza lag ihr die ganze Nacht wie ein einziger Klumpen im Magen. Außerdem hatte sie eiskalte Füße. Sie musste aufstehen und Socken anziehen. Als sie dann sowieso auf den Beinen war, kippte sie in der Küche einen Schluck Korn direkt aus der Flasche, bevor sie sich wieder hinlegte. Aufgewacht ist sie mit pelziger Zunge und rasendem Herzklopfen. Fetzen eines schrecklichen Traums, den sie nicht zu fassen bekam, drückten ihr schwer auf die Stimmung. Der Wecker musste schon länger geklingelt haben, als sie von dem immer lauter werdenden Gepiepe aufschreckte.

Eine junge Frau, die nur aus Stiefeln und schwarzer Strumpfhose zu bestehen scheint, blockiert die Rolltreppe. Sie steht links, fast auf gleicher Höhe mit einer stämmigen Matrone im dunklen Tuchmantel. Es ist kein Vorbeikommen.

Die Leute kapieren es einfach nicht, flucht sie vor sich hin.

In einer Minute fährt ihre Bahn Richtung Neumarkt. »Entschuldigung. Würden Sie mich vorbeilassen!« Keine Reaktion. Sie hört, wie die Bahn einfährt.

Verdammt noch mal.

Sie tippt der jungen Frau auf die Schulter. Die dreht sich um und nimmt einen Stöpsel aus dem rechten Ohr. »Is was?« Sie kocht vor Wut. Sie spürt, wie ihr Gesicht rot anläuft. Am liebsten hätte sie der blöden Kuh einen Stoß verpasst.

»Sie stehen links und versperren mir den Weg. Ich möchte meine Bahn kriegen.« Ihre Stimme klingt schrill.

»Wenn Sie gehen wollen, dann nehmen Sie doch die Treppe!«

Diese Tussi machte keinerlei Anstalten, aus dem Weg zu gehen.

»Rechts stehen, links gehen! Noch nie gehört? Schauen Sie sich mal die Aufkleber an jeder Rolltreppe an. Rolltreppen sind dazu da, dass man schneller vorwärtskommt.«

»Danke auch für die Belehrung. Mach dich mal locker!«

Inzwischen sind sie unten auf dem Bahnsteig angelangt. Die junge Frau steckt ihren Kopfhörer wieder ins Ohr und stakst in Richtung Kiosk davon. Irene rennt auf die nächstliegende Tür der 4 zu, die sich gerade schließt. Zu spät. Die Bahn fährt los, sie wird die 16 am Neumarkt verpassen.

Es fehlte nicht viel und sie hätte gegen den abfahrenden Wagen getreten.

Sie lässt sich auf einen Schalensitz auf dem Bahnsteig fallen. Muss an ihre Busreise nach Paris denken. Die Leute dort wussten, wie man eine Rolltreppe benutzt. Standen ordentlich rechts und ließen anderen, die es eilig hatten, Platz, um vorbeizukommen. Die ewig langen Rolltreppen hatten sie ziemlich eingeschüchtert. Wie tief unter der Stadt die Bahnen dort fuhren. Sie hatte ständig husten müssen, weil die Luft so trocken und abgestanden war.

Sie seufzt.

Sie hatte sich einen Tag von ihrer Reisegruppe abgesetzt, um Nathalie zu treffen. Auf Versailles und akkurat geschnittene Hecken hatte sie sowieso keinen Bock. Hatte sich einen herrlichen Tag mit ihrer Tochter ausgemalt. Gehofft, ihr wahres Leben würde mit diesem Parisbesuch endlich beginnen. Sie waren in einem Café verabredet.

Nathalie redete kaum ein Wort, war verstockt wie früher als Jugendliche. Nach einer knappen Stunde stand sie auf und bezahlte die Rechnung direkt beim Kellner am Tresen. Da hatte sie noch geglaubt, sie würden jetzt zusammen losziehen, Nathalie würde ihr ihre Wohnung zeigen. Aber sie kam mit ausdrucksloser Miene zum Tisch zurück und verkündete, dass sie jetzt wegmüsse. Das war es dann gewesen. Nicht mal eine Stunde hielt es ihre Tochter mit ihr aus!

Sie hat noch genau vor Augen, wie sie anschließend durch die Gegend gelaufen ist, den ganzen verdammten Tag allein vor sich.

Wie sie versuchte, jeden Gedanken an Nathalie zu verscheuchen. Sie beobachtete konzentriert die Straßen und Menschen, stellte sich vor, sie wäre eine von ihnen, würde gleich zurück zur Arbeit gehen und am Abend zu Hause von ihrem Tag erzählen. Ein Glas Wein trinken, Käse und Baguette essen und Musik hören. Ihr, als Altenpflegerin, war ziemlich bald aufgefallen, dass die alten Menschen in Paris kaum Rollatoren benutzten. Sie sah jede Menge sehr alte Frauen, die einen Marktroller hinter sich herzogen, aber nur eine mit einem Rollator. Und noch etwas war ihr aufgefallen: Sämtliche Ausbesserungen im Asphalt der Bürgersteige waren mit einem Datum versehen. Das hatte ihr gefallen, sie konnte nicht sagen, warum. Ihren Mitreisenden schwärmte sie am Abend im Hotel vor, wie schön die Wohnung ihrer Tochter sei. Sie könne von ihrem Wohnzimmer aus den Eiffelturm sehen. Sie hätte extra Champagner gekauft und eine Riesenpackung dieser wunderbaren, wie hießen die noch mal?, Macrons?, eine Sorte köstlicher als die andere.

Ein paar Minuten später sitzt sie in der nächsten Bahn. Der Wortwechsel mit dieser arroganten Stiefelmieze wiederholt sich in einer Endlosschleife in ihrem Kopf.

In der Tür steht ein etwas dicklicher Endzwanziger mit einem Kaffeebecher ohne Deckel. Er trägt einen schwarzen Anorak mit FC-Schal, Jogginghosen und weiß-rote Turnschuhe. Offensichtlich rasiert er Gesicht und Schädel mit derselben Einstellung seines Rasierapparates. Drei Millimeter lange Stoppeln überall. Da kennt sie sich aus.

Seit einigen Wochen ist es nicht mehr erlaubt, in der U-Bahn zu essen, und Kaffeebecher müssen einen Deckel haben. Man zahlte 15 oder 20 Euro Strafe, wenn man erwischt wurde. Wenn! Sie hasst es, wenn Leute in der Bahn frühstücken und Bäckertüten und Pappbecher zurücklassen. Manchmal geht Aufsichtspersonal durch die Wagen, aber das weist die mampfenden und Bier saufenden Leute nur freundlich zurecht. Die nicken verständnisvoll, packen ihre Fressalien und Bierflaschen kurz weg, aber kaum sind die von der KVB weg, geht das Gelage weiter.

Es ist genauso wie mit dem verdammten Hundedreck, den auf den Gehsteig gespuckten Kaugummis, dem Wildpinkeln. Sicher, Straßen und Bahnen zu verdrecken ist verboten, aber kein Mensch hält sich dran.

Die Kölner lieben ihre Stadt. Na klar, das sieht man überall.

Nächste Woche ist Weiberfastnacht. Wenn sie nur daran denkt, wird ihr schlecht. Nicht, dass sie etwas gegen die Karnevalstage hätte. Gar nicht. Sie liebt den Kneipenkarneval, die gemeinsam gesungenen, gefühlvollen Lieder, die spontane Verbundenheit mit völlig Fremden. Man hakt sich ein, schunkelt, tanzt, trinkt ein Kölsch nach dem anderen, wischt sich ab und an ein paar Tränchen beim Singen aus dem Gesicht, weil es so schön ist.

Letztes Jahr kam sie nach ihrer Schicht kaum in die Bahn rein, an jeder Station standen sie fünf bis zehn Minuten, bis endlich alle eingestiegen waren. Im Wagen wurde gesoffen und gegrölt, was das Zeug hielt. Endlich an der Rheinuferstraße angekommen, zog ein Witzbold an der Notbremse. Alle mussten aussteigen, um dann wieder einzusteigen. Vorschriften! Das dauerte ungefähr eine Viertelstunde. Am Chlodwigplatz standen Hunderte knöcheltief in Glasscherben vor den Kneipen.

Sie war mit Ulrike am späten Nachmittag in einem Ehrenfelder Bierlokal verabredet gewesen. Nachdem sie eine Stunde draußen im Nieselwetter angestanden hatten, war ihnen so kalt geworden, dass sie erstmal einen Tee bestellen mussten. Den Blick der Kellnerin wird sie nie vergessen. Es wurde noch ganz schön, vor allem wegen der Supermusik.

Das war unser letzter gemeinsamer Karneval, denkt sie bitter. Dieses Jahr feiert sie mit ihrer Babsi! Falls Babsi nicht auch etwas gegen »Fastelovend fiere« hat.

Der Zug bremst scharf, als sie am Friesenplatz einfahren. Der Typ mit dem FC-Schal verliert das Gleichgewicht und kippt einer Frau einen Teil seines Kaffees über den hellgrauen Wintermantel. Die merkt nichts davon und steigt aus.

Na, die wird sich wundern. Der schöne, teure Wollmantel.

2

Es ist der 10. April 2017, kurz vor 9 Uhr. Etwa zweihundert Kellner und Kellnerinnen stehen in Zivil-
kleidung im »Appellraum« – so nennen sie die zugige
Halle – und warten auf den Chef. Sie unterhalten
sich im Flüsterton. Niemand ist über dreißig, Frauen
sind eindeutig in Unterzahl. Eine große Sache steht
morgen an. Mehr ist nicht bekannt.

Nathalie und Louis arbeiten seit drei Jahren für
ParisCat, ein Cateringunternehmen für Luxusevents.
Buffets, Diners auf Niveau der Spitzengastronomie.
Edles Porzellan, Kristallgläser, eine immense Besteck-
auswahl. Alles vom Feinsten. Das Personal besteht
ausnahmslos aus erstklassigen Restaurantfachkräften,
die außerdem gut aussehend und schlank sind. Perfek-
te Manieren und diskretes Auftreten sind Vorausset-
zung für eine Anstellung.

An manchen Tagen liebt Nathalie ihre Arbeit bei
ParisCat. Aber manchmal fragt sie sich, wie sie sich
auf diese Arbeit einlassen konnte. Da ist dieser Per-
fektionsdruck. Alle Angestellten stehen permanent
unter Beobachtung. Und da ist ihre Schüchternheit.
Aber wenn es ihr gelingt, das Bedienen der Promi-
nenten, denen sie beim Servieren ganz nah kommt,
als ein Theaterstück zu begreifen, dann ist es, als
würde dabei etwas von deren Coolness auf sie ab-
färben. Außerdem: Die Bezahlung ist nicht schlecht
und Paris ist teuer. Louis sieht diesen Job lediglich als

Sprungbrett zu einer großen Karriere. Die Reichen und Schönen, denen sie Wein und Häppchen reichen, kennt er kaum. Er redet gerne und oft von seinem Traumarbeitsplatz – einer Anstellung im Élysée-Palast. Nach ein paar Jahren dort möchte er sich mit einer eigenen Cateringfirma selbstständig machen. Sein Ehrgeiz geht ihr zunehmend auf die Nerven, sie streiten häufig deswegen. Sie versteht nicht, warum seine Pläne sie so in Rage bringen. Vielleicht, weil sie keine Veränderungen mag. Alles soll so bleiben, wie es gerade ist.

Nathalie tritt nervös von einem Bein auf das andere.

Punkt 9 Uhr betritt Monsieur Legarde die große Getränkelagerhalle. Schlagartig kehrt absolute Ruhe ein. Er besteigt ein Podest aus zwei Paletten, tupft sich mit einem weißen Stofftaschentuch die Mundwinkel ab, räuspert sich.

»Mesdames, Messieurs, tut mir leid, dass ich Sie hierher bestellen musste, aber ich möchte Sie alle persönlich informieren. Ich rede nicht lange herum: Sie sind ausgewählt, morgen Abend im Saal 6 des Louvre – unter dem Lächeln der Mona Lisa – bei einem großen Galadiner zu servieren. Gastgeber ist Bernard Arnault, der Chef des Louis-Vuitton-Konzerns. Unser Organisationsteam und die Küche arbeiten seit Tagen auf Hochtouren.«

Nathalie stupst Louis in die Rippen, lächelt.

»Das ist der Hammer.«

»Sei doch still!«, zischt er ungehalten.

Er reibt sich pikiert die rechte Seite.

Meine Güte! Muss er immer so verdammt zimperlich reagieren? So spitz ist mein Ellbogen wirklich nicht! Bestimmt ist ihm kalt. Kein Wunder: Er trägt die Kalbslederschuhe mit den dünnen Sohlen und der Betonboden ist eiskalt.

»Es werden zweihundert Gäste erwartet: Filmgrößen, Politiker, Models, das Übliche. Anlass ist die Zusammenarbeit von Louis Vuitton mit dem Künstler Jeff Koons und die damit verbundene Präsentation der von Koons gestalteten Luxushandtaschen mit den Motiven alter Meister. Ich erwarte absolutes Stillschweigen dieses Diner betreffend, Diskretion in jeder Hinsicht. Wer Catherine Deneuve um ein Autogramm bittet, fliegt. Mobiltelefone lassen Sie am besten gleich zu Hause. Andernfalls müssen Sie diese vor der Veranstaltung abgeben. Sie alle haben bei Ihrer Einstellung eine Geheimhaltungsklausel unterschrieben. Halten Sie sich daran!«

Ein Raunen geht durch den Raum. Die Deneuve haben die meisten noch nie persönlich gesehen.

»Ruhe bitte! Der Erfolg dieses Ereignisses ist entscheidend für unsere Firma und damit für Ihre Weiterbeschäftigung. Wie Sie wissen, haben wir starke Konkurrenz aus London bekommen. Nehmen Sie sich am Ausgang einen der bereitliegenden Raumpläne. Prägen Sie sich gründlich die Gegebenheiten des Louvre ein. Es gibt einen zweiten Ausdruck mit den Dienstplänen. Ich erwarte, dass Sie morgen zum Friseur gehen und mit perfektem Erscheinungsbild Ihren Dienst antreten. Um 18 Uhr schließt das Museum, ich möchte Sie bitten, um 17.30 Uhr vor Ort zu sein. Das war's. Danke!«

Mit eiligen Schritten verlässt Monsieur Legarde den Raum. Sofort wird es laut.

»Jeff Koons, die Deneuve und wer weiß, wer sonst noch. Das ist Wahnsinn!«

Nathalie ist völlig aus dem Häuschen. Sie schaut Louis an. Er wirkt gereizt.

»Was hast du denn? Das wird doch super bezahlt. Dein Jungsabend muss halt mal ausfallen.«

»Mir ist saukalt. Ich habe eisige Füße. Wieso müssen wir hier aufmarschieren? Eine Mail hätte genügt.«

Michel, ein Freund der beiden, zündet sich beim Rausgehen eine Zigarette an. Er dreht sich um und lacht zustimmend.

»Stimmt. Aber du kennst doch Legarde. Er gibt gerne den Bonaparte. Lasst uns um die Ecke noch einen Kaffee trinken! Einverstanden?«

Nathalie hakt sich bei Louis unter. Sie mag Michel, seine lässige Art, das Leben anzugehen. Es ist eine nette, oberflächliche Freundschaft. Sie reden über die Arbeit, über Kunstausstellungen, neue Restaurants und Bars. Nicht, dass er je auf die Idee käme zu fragen, wie es ihr geht, was sie bewegt. Aber das ist in Ordnung. Sie fragt ihn auch nie etwas wirklich Persönliches.

»Ach ja. Warum nicht? Louis?«

Er nickt. Sie kann ihm dabei zusehen, wie er versucht, seine schlechte Laune abzuschütteln. Ärgert er sich wirklich nur, weil sein Kumpelabend mal ausfallen muss?

Louis bewegt seine Zehen in den viel zu dünnen Schuhen. Er hasst es, kalte Füße zu haben. Der lächerliche Auftritt von Legarde nervt ihn maßlos. Aber das allein ist es nicht.

Dass dieser Job ausgerechnet morgen stattfindet.

Was Nathalie nicht weiß und auch nie erfahren soll, ist, dass er dienstags ins *Queens* geht. Früher ist er öfter ausgegangen. Seitdem er mit Nathalie zusammenwohnt, beschränkt er seine Ausflüge ins Nachtleben auf den einen Tag in der Woche. Vorher macht er sich bei Martine zurecht. Sie ist seine älteste Vertraute, weiß um seine Abgründe. Sollte sie ausnahmsweise mal nicht zu Hause sein, gibt er den Code unten an der Haustür ein und gelangt mit dem Schlüssel, den er seit Jahren besitzt, in die Wohnung.

Sie kennen sich aus Clermont, sind zusammen in die Schule gegangen. Damals waren sie mal kurz verliebt, das hat nicht funktioniert, und sie beschlossen, Freunde zu bleiben. Als Louis nach Paris ging, in die kleine Wohnung in der Rue Caron zog, die seiner Familie gehört, kam Martine ein halbes Jahr später nach.

Meist quatschen sie ein bisschen, trinken einen Crémant, bevor er loszieht. Gegen Morgen kommt er mit den besten Croissants der Stadt in Martines Wohnung zurück, duscht, hängt sein kleines Schwarzes auf einen Bügel, Martine wird das Kleid später

35

lüften oder auch schon mal zur Reinigung bringen, schlüpft in seine Alltagsklamotten und zieht die Tür hinter sich zu, ohne sie zu wecken.

Die gute, alte Martine kann Geheimnisse für sich behalten.

Nie würde sie Nathalie etwas stecken. Die beiden Frauen begegnen sich sowieso kaum, dafür sorgt er. Und sie scheinen beide auch keinen Wert darauf zu legen.

Michel ergattert einen der kleinen Marmortische im Bistro an der Ecke. Sie lassen ihre Jacken an und bestellen große Milchkaffees. Es ist ein recht milder, windstiller Tag. Einige wenige Gäste sitzen draußen und rauchen.

»Mir ist so kalt geworden in dieser verdammten Lagerhalle.«

Louis reibt sich die Hände.

»Wer war noch mal Jeff Koons? Ist das der Typ mit den grellbunten Hundeskulpturen, die aussehen wie Luftballons?«, feixt Michel.

Natürlich weiß Michel genau, wer Jeff Koons ist. Nathalie grinst in sich hinein.

»Ja, genau. Der hat auch mal Michael Jackson und seinen Affen lebensgroß aus Porzellan gemacht. Verdient ein Schweinegeld mit seinem Kitsch. War ganz früher an der Wall Street. Verkaufen, das hat er gelernt. Und jetzt Taschen für Vuitton. Und wir sind dabei!«

Nathalie legt ihre Hände um die schwere Tasse

und schlürft genüsslich den Milchschaum. Louis schaut schon wieder so genervt.

»Ich kapier das nicht. Manche stellen einen Staubsauger in eine Vitrine und werden reich und berühmt. Ist das wirklich Kunst?«

Louis schüttelt missbilligend den Kopf. Er winkt nach der Kellnerin und bestellt sich ein Hörnchen.

»Für mich bitte auch«, sagt Nathalie.

»Wir hatten keine Zeit fürs Frühstück. Fast hätten wir verschlafen.«

Sie lächelt Louis an, wünscht sich ein Zeichen von ihm. Wünscht sich, dass er sie spüren lässt, dass sie zusammengehören.

»Für mich sind Designklassiker Kunst. Eames-Stühle zum Beispiel.«

Nathalie und Louis kennen Michels Wohnung, wissen, dass er sein ganzes Geld für teure Retromöbel ausgibt.

»Die Koons-Vuitton-Taschen werden garantiert in kürzester Zeit zum Designklassiker. Sammlerobjekte. Ab in die Vitrine. Wenn ich Geld hätte, würde ich mir auch so eine Tasche kaufen.«

Nathalie greift nach Louis Hand. Sie weiß, wie sehr er Geld und Luxus schätzt. Michel verdreht die Augen.

»Diese Taschen sehen mit Sicherheit total billig aus. Über und über voller Logos. Bestimmt benutzt er das feinste Leder für seine Kreationen, Leder, aus dem man wunderbare, geschmackvolle Handtaschen fertigen könnte. Wenn ich mir das vorstelle: der

Louvre, die Mona Lisa. Und dann dieser Koons mit einer Reproduktion dieses herrlichen Gemäldes auf einer kitschigen Handtasche. Widerwärtig!«

»Ach, Michel. Sei doch nicht so streng!«

Nathalie genießt das Gespräch, den sehr guten Milchkaffee und beißt genüsslich in ihr Croissant. Wenn sie ehrlich ist, hat sie weder für Koons noch für den Vuitton-Konzern viel übrig. Es ist noch nicht lange her, da hat sich Arnault von Frank Gehry einen recht umstrittenen Architekturtempel für seine Fondation in den Bois de Boulogne bauen lassen. Wenn es nach ihr ginge, dann würden die Luxuskonzerne strenger besteuert werden und dürften sich nicht als Kulturwohltäter gerieren.

»Was zahlt Vuitton wohl für das Anmieten des Louvre?«, fragt Louis.

»Bestimmt mehr als den Eintrittspreis für zweihundert Personen«, lacht Michel versöhnlich.

»Das Geld kommt doch vermutlich dem Museum zugute«, meint Nathalie.

»Prima, dann feiere ich meinen nächsten Geburtstag auch im Louvre!«

Louis verzieht spöttisch sein Gesicht. Michel grinst.

»Ich bin dabei.«

»Ach, ich freu mich. Und wir können die Mona Lisa länger als die üblichen fünf Sekunden betrachten. Ich war erst einmal im Louvre, seitdem ich in Paris bin. Ist auch schon lange her.«

Nathalie trinkt den Rest ihres Kaffees in einem

Zug aus. Das Croissant hat nicht besonders geschmeckt, ein leicht ranziger Geschmack bleibt auf ihrer Zunge zurück. Die Hörnchen, die Louis am Mittwochmorgen nach seinem Männerabend mitbringt, sind einfach die besten.

»Freu dich mal nicht zu früh. Wir werden keine ruhige Minute haben, werden mit Tabletts hin- und herrennen, dass wir nicht mehr wissen, wo uns der Kopf steht. Und das müssen wir auch. Wir sollten perfekt funktionieren, damit uns diese englische Firma nicht künftig das Geschäft vermasselt.«

Michel rollt schon wieder mit den Augen.

»Uns? Echt, Louis? Übertreibst du es nicht ein wenig mit deiner Firmenidentifikation?«

»Ich will nicht, dass unser Laden Pleite macht. Das sieht nicht gut aus im Lebenslauf. Fast alle Modehäuser beauftragen in letzter Zeit die *Cellar Society*. Sie schnappen uns die tollsten Aufträge weg. Beschäftigen keine Frauen, nur hübsche Jungs. Die haben dieses Jahr bei der Couture Party für Dior im Louvre zweitausendfünfhundert Leute bewirtet!«

»Womit du dich beschäftigst! Du bist echt angepisst wegen dieses Engländers? Ach, Louis. Wir werden uns morgen total ins Zeug legen!«

Michel klopft Louis freundschaftlich auf die Schulter.

»Wisst ihr eigentlich, wie die Mona Lisa nach Frankreich gekommen ist?«, fragt Nathalie in die kleine Runde, um das Thema zu wechseln.

Beide Männer zucken mit den Achseln. Louis, mit

seiner abweisenden Miene, wirkt nicht gerade interessiert. Er ärgert sich über Michel, das ist offensichtlich.

»Leonardo da Vinci hatte sie im Gepäck, als er über die Alpen wanderte. Er war auf dem Weg von Italien nach Amboise an der Loire. König François I. hatte ihn eingeladen, an seinem Hof zu leben. Drei Monate brauchte er für die Strecke. Zwei seiner Schüler haben ihn begleitet.«

»Ist das wahr? Woher weißt du das?«

Michel ist verblüfft.

»Ich habe schließlich mal französische Geschichte studiert. Leonardo war in Italien nicht mehr gefragt, die italienische Renaissance ging zu Ende. Außerdem schätzte die Kirche seine anatomischen Studien nicht. Die Menschen sollten nichts über ihre Körper wissen. Der junge französische König hatte ihn in Bologna kennengelernt und war fasziniert. Leonardo kehrte nie wieder nach Italien zurück. Er lebte die letzten drei Jahre seines Lebens in Amboise und verkaufte die Mona Lisa an den König. Irgendwann landete sie im Louvre. Napoleon entführte sie später in seine Gemächer, aber als es mit ihm vorbei war, kehrte sie ins Museum zurück!«

»Tolle Geschichte. Danke, Nathalie.«

Michel strahlt sie an.

»Gerne geschehen.«

Louis greift nach ihrer Hand, drückt sie für einen Moment ganz sanft. Sie weiß, dass es ihm imponiert, wenn sie mit ihrem Wissen nicht hinterm Berg hält.

»Trinkt ihr noch was?«

Nathalie sucht Louis' Blick.

»Nein, nein, wir müssen rasch nach Hause. Schuhe auf Hochglanz polieren, Friseurtermin machen, Mittagsschlaf halten!«

Für einen Moment befürchtet sie, mit ihrer albernen Bemerkung Louis erneut zu reizen.

»Na dann, ich lade euch ein.«

Michel winkt der Kellnerin.

»Danke, Michel. Wir sehen uns morgen.«

Louis, bemüht um einen freundlichen Abschied, verpasst Michel einen kumpelhaften Klaps auf die Schulter.

3

Nathalie schaut sich verstohlen um – sie kann es kaum fassen. Am liebsten trüge sie jetzt eine Tarnkappe und würde, unbeobachtet und unsichtbar, einfach nur schauen.

Fünfzig Meter von ihr entfernt steht Louis und serviert den teuren Weißwein aus dem Château d'Yquem. Alles läuft perfekt. Die Cocktails wurden zuvor in der Skulpturenhalle eingenommen. Kein noch so winziges Luftbläschen im vor Ort in Würfel gesägten Eis. Dazu Kanapees mit Langusten in einer Schale aus Maispapier. Ideal für Menschen, die Kohlehydrate scheuen.

Inzwischen sitzen die Gäste an langen Tischen zwischen den riesigen Gemälden. Es riecht nach Trüffeln. Die Stimmung ist heiter, gerade hat Cate Blanchett der Mona Lisa zugeprostet. La Deneuve trägt ein elegantes schwarz-weißes Oberteil zu einem schwarzen Samtrock und scheint sich rundum wohlzufühlen. Michelle Williams spielt an ihrem Vuitton-Armband mit den in Gold gefassten Blüten und Diamanten und plaudert mit Jennifer Aniston.

Einen Moment lang fühlt sich Nathalie der Realität enthoben. Wie aus dem Körper getreten betrachtet sie die Szene. Sie kennt die Stars aus Kinofilmen. Und da sitzen sie, umworben und verwöhnt, als wäre es das Selbstverständlichste der Welt, direkt vor der Mona Lisa.

Solch ein verdammtes Armband mit einer Goldblüte und einem Diamanten kostet über 2000 Euro.

Louis spürt einen sengenden Neid hinter seinem Brustbein.

Mit nonchalanter Miene schenkt er aufmerksam Wein nach und tritt dann vom Tisch zurück. Er fühlt sich gut, nimmt dezent seinen eigenen Duft nach Twilly d'Hermès wahr. Er liebt dieses Parfum: Ingwer, Tuberose und Sandelholz.

Das gesamte Ambiente ist wundervoll. Die Bilder, die Gäste, die Beleuchtung, die polierten Tabletts, auf denen Köstlichkeiten serviert werden. Einfach perfekt im Erscheinungsbild, die Kellner und Kellnerinnen in mitternachtsblauen Uniformen, bestehend aus Hose und Hemd mit blütenweißer Halbschürze. Dazu schwarze, spitze Halbschuhe. Alles akkurat, alles straff.

Vor dem Hauptgang werden die Taschen präsentiert. Nathalie glaubt, das russische Model, eine Natalia Soundso, zu erkennen, das mit dem Sohn des Vuitton-Chefs verbandelt ist. Diese Natalia lehnt an einem Holzring, der die Mona Lisa vor zu großer Nähe schützt, und hält die rosa Variante einer der neuen Taschen in eine Kamera. Das Gemälde ist seit Jahren durch eine Panzerglasvitrine geschützt, trotzdem darf man nicht wirklich nahe heran.

Quer über dem Kopf der auf der Tasche abgebildeten Mona Lisa prangt in Großbuchstaben *Da Vinci*. Die Henkel sind rosa, ebenso der Jeff-Koons-Hasen-

43

anhänger. Im Innenfutter jeder Tasche sollen sich goldgeprägte Informationen über das Kunstwerk und Koons befinden, schnappt Louis auf, während er Glas für Glas mit dem gut gekühlten Wein nachfüllt.

Es wird geklatscht. Lederne Taschen, Geldbörsen, Telefonhüllen, bedruckt mit Motiven alter Meister, werden bestaunt. Überall Fotografen, Blitzlichtgewitter. Auf ein Zeichen von Monsieur Arnault ziehen sich die Fotografen zurück.

Michel werden sich die Fußnägel aufrollen, bei diesem Zirkus hier. Da ist sich Louis sicher.

Eine ihm unbekannte Schönheit im lila Overall gibt ihm ein Handzeichen. Er tritt an ihren Tisch und füllt ihr Glas erneut. Mit der leeren Flasche geht er auf einen abseits platzierten Servicetisch zu. Er greift nach einer bereits geöffneten Weinflasche, als plötzlich jemand sehr nah, zu nah, hinter ihm steht. Ein geradezu animalisches Wittern an seinem Hals lässt ihn erstarren.

»Wenn das nicht meine Christine ist. Dein Geruch ist unverwechselbar. Beinahe hätte ich dich nicht erkannt, so männlich, wie du heute aussiehst!«

Louis stellt die Flasche ab, seine Hand zittert. Es ist Bruno. Aus dem *Queens*. Er ist schon bei ihm zu Hause gewesen. Reicher Typ, tolle Wohnung, guter Sex.

Was macht der hier? Verdammte Scheiße.

Ihm wird heiß, dann kalt. Er ist erregt, aber seine Wut ist größer.

Was, wenn Nathalie das hier mitkriegt? Oder ein anderer Kollege.

»Christine steht doch bestimmt auf diese Taschen, hab ich recht?«, flüstert Bruno ihm ins Ohr und greift ihm von hinten zwischen die Beine.

»Lass mich! Ich muss hier meinen Job machen.«

Louis befreit sich mit einer abrupten Körperdrehung und stößt Bruno von sich. In diesem Moment kommt Nathalie mit einer Platte Gougères vorbei. Louis strafft sich, greift erneut nach der Flasche. Nathalie lächelt ihm fragend zu.

»Alles klar, Schatz?«

Sie taxiert Bruno im Weitergehen und ist verschwunden.

»Deine Freundin? Und sie hat natürlich keine Ahnung. Armer Schatz!«

Bruno grinst anzüglich, hält aber Abstand.

Ich könnte ihm in die Fresse hauen.

»Und deine Kollegen und dein Chef haben auch keine Ahnung, oder? Geht sie auch eigentlich nichts an. Aber du möchtest doch garantiert, dass das so bleibt, meine kleine Christine?«

Was will er? Verdammt noch mal.

Louis macht einen Schritt in Richtung der Festtafeln.

»In 15 Minuten. In Raum 3. Das ist in Richtung der Gästetoiletten, auf der linken Seite. Ich sorge dafür, dass die Security-Jungs die Klappe halten. Ein kleiner Blowjob im Louvre, mit Blick auf italienische Meister – jedenfalls für mich. Den wirst du nie vergessen, meine Liebe.«

Bruno greift Louis kurz mit der rechten Hand

sanft unters Kinn und geht mit federnden Schritten zu den anderen Gästen zurück.

Die Gästetoiletten sind über einen halben Kilometer entfernt, der Weg dorthin gesäumt von jungen Männern, die dafür sorgen, dass sich niemand verirrt.

Louis steht vor einem der Waschbecken in der Personaltoilette und streicht mit nassen Händen durch seine dunklen Locken. Widerwillig schaut er in den Spiegel. Sein Gesicht ist vom eiskalten Wasser gerötet. Sein rechtes Augenlid zuckt unaufhörlich.

Dieses Schwein Bruno hat mich benutzt wie einen Wischlappen.

»Mensch, hier bist du!«

Michel stürmt herein.

»Ist dir schlecht oder was? Du wirst vermisst. Gleich wird der Champagner serviert.«

Dieser vorwurfsvolle Ton fehlt mir gerade noch. Lass mich in Ruhe, verpiss dich!

»Es geht schon wieder. Die schlechte Luft, das Kunstlicht.«

Louis wedelt sich mit der Hand vor dem Gesicht herum, drängt sich an Michel vorbei, ohne ihn anzuschauen.

»Lass uns nach Hause laufen, Louis. Die frische Luft ist wunderbar nach diesen elend langen Stunden in dem alten Gemäuer.«

Nathalie atmet betont tief ein und laut seufzend aus, lässt ihre Schultern vorwärts und rückwärts kreisen. Auf der Rue de Rivoli ist noch ziemlich viel Verkehr.

Nathalie ist vor drei Jahren bei Louis in der Rue Caron eingezogen. In eine hübsche Altbauwohnung im Marais, die seine Eltern vor vielen Jahren gekauft haben, als ihnen klar wurde, dass ihr Sohn nicht in Clermont bleiben würde. Sie zahlen eine eher symbolische Miete, könnten sich diese Wohnung niemals leisten.

Louis nickt, obwohl er völlig erledigt ist. Das mochten sie beide von Anfang an, das gemeinsame Schlendern durch die nächtliche Stadt. Auch tagsüber erkunden sie an ihren freien Tagen unbekannte Quartiers. Und sonntags besuchen sie die berühmten Friedhöfe, am liebsten den Père Lachaise. Spazieren unter alten Bäumen die Mausoleen entlang, versuchen anhand eines Planes die Gräber der Berühmtheiten zu finden. Edith Piaf, Jim Morrison, Chopin. Sie liebt diese Stunden. Manchmal picknicken sie in einer stillen Friedhofsecke, nur gelegentlich von pikiert schauenden Touristen gestört.

Mehr und mehr Leute verbringen neuerdings ihre Freizeit auf Friedhöfen. Manche fotografieren Vögel oder Bronzeengel, andere seltene blühende Pflanzen zwischen den Gräbern. Einige Besucherinnen versuchen, die streunenden Katzen mit Futter und Leckerlis anzulocken. Ihr gefällt die bizarre Mischung aus Totengedenken und fröhlichem Am-Leben-Sein.

Louis ist mit zwanzig nach Paris gekommen und von Anfang an systematisch durch die Quartiere gelaufen. Er speichert die Straßenverläufe kartografisch. Schon als Kind drängte er seine Mutter, auf Umwegen durch Clermont nach Hause zu gehen, wenn er sie von der Arbeit abholte.

Obwohl Nathalie seit einigen Jahren mit Louis die Stadt erkundet – seit der Verkehrsberuhigung des rechten Seineufers wandern sie auch gerne den Fluss entlang, bis sie den Eiffelturm sehen –, kann sie sich nach wie vor nur schlecht orientieren. Ohne Louis würde sie sich hoffnungslos verlaufen. Sie geht um drei Ecken im Marais und schon findet sie fast nicht wieder nach Hause. Sie versucht sich an Straßenecken etwas Besonderes einzuprägen, einen Cafénamen, einen auffälligen Balkon, eine Werbetafel, aber es hilft nicht viel. Louis würde sich blind zurechtfinden. Das gefällt ihr an ihm. Er hat Ordnung in seinem Kopf.

»Was für ein Affenzirkus wegen dieser Taschen. Zugegeben, ich hätte nicht abgelehnt, wenn Mr. Koons mir eine geschenkt hätte.«

Nathalie schmiegt sich an Louis und schiebt ihren Arm in seinen.

»Du bist so still.«

»Ich bin verdammt müde. Nur mein Kopf ist wach, zu wach.«

»Bis wir zu Hause sind, hat sich dein armer Kopf sicher entspannt. Übrigens hat mir Michel gerade erzählt, dass ein Typ, er arbeitet vermutlich für Vuitton, Handynummer und Adresse von uns dreien wollte. Er plant eine Party und will uns privat engagieren. War das dieser Typ, der dich am Servicetisch angebaggert hat? Scheint schwul zu sein. Dem hast du's aber gezeigt!«

Louis bleibt abrupt stehen. Nathalie stolpert fast. Sie sieht die Adern an seiner Schläfe pochen. Es ist ihr völlig klar, dass er mit seinem guten Aussehen und seiner schlanken Figur gerne von Männern angemacht wird. Sie kann das nachvollziehen, es ist das, was auch ihr an ihm so gefällt. Er hat etwas Androgynes, wirkt feinfühlig. Und er ist es auch. Nie hat ihr Louis durch sein Verhalten Angst eingejagt.

»Woher soll ich denn wissen, ob es dieses Schwein war?! Hat dieser Idiot von Michel dem Kerl etwa unsere Nummern und Adressen gegeben?«

Nathalie zuckt zusammen. So aggressiv hat sie Louis noch nie erlebt.

»Ja, hat er. Handynummer hätte echt gereicht. Jetzt dreh nicht durch, es ist sowieso zu spät. Niemand zwingt uns, für ihn zu arbeiten.«

4

Es ist der Donnerstagmorgen nach der Louvre-Party. Nathalie und Louis sitzen in Bademänteln in ihrer Wohnküche und frühstücken.

Louis tunkt abgerissene Brocken des Baguettes in seine Milchkaffeeschale und schiebt sie sich vornübergebeugt in den Mund. Auch nach drei gemeinsamen Jahren findet Nathalie diesen Anblick unappetitlich. Sie wird, was das Frühstücken betrifft, nie eine richtige Französin werden. Unvorstellbar, dass sie jemals Weißbrot- oder Croissantbrocken im Kaffee einweicht. Allein der Gedanke, dass Krümel auf den Tassenboden sinken und matschig werden, ist ekelhaft. Sie macht sich, wie früher als Kind, ein Käsebrot und kleckst einen Teelöffel rote Marmelade darauf. Sie liebt knusprige Brotkrusten. Wenn sie die Sehnsucht nach einem Roggenbrot überkommt, fährt sie zu einem speziellen Bäcker, der auch rustikalere Brote im Angebot hat.

Sie sind bereits gejoggt, sechs Kilometer entlang der Seine. Ihre übliche Route. Frisch geduscht und entspannt greift Nathalie nach dem Camembert. Als es an der Wohnungstür klingelt, springt sie auf, wickelt den Bademantel fest um sich und zieht den Gürtel zusammen.

»Ist bestimmt mal wieder ein Paketbote. Wie schön für unsere Nachbarn, dass wir tagsüber fast immer zu Hause sind.«

Sie schaut kurz durch den Spion, seufzt und öffnet. Ein Bote des DPD France hält ihr ein Paket entgegen.

»Für Christine Legrand.«

»Legrand stimmt, aber es gibt hier keine Christine.«

»Aber die Adresse stimmt doch.«

Der Bote wippt ungeduldig auf den Fußspitzen. Er möchte sich wegen einer Lappalie wie einem falschen Vornamen nicht ewig hier aufhalten. Nur das Paket zügig loswerden. Das ist nicht zu übersehen.

»Ist meine Schwester, ich unterschreibe!«, sagt Louis.

Er kritzelt mit dem Stift auf das hingehaltene Display und nimmt das Paket in Empfang. Nathalie schließt die Tür.

»Was soll das? Seit wann hast du eine Schwester?«

Nathalie schaut Louis misstrauisch von der Seite an. Seit diesem Abend im Louvre wirkt er angespannt. Und er reagiert gereizt. Irgendetwas muss passiert sein.

Wovor hat er Angst?

»Von wem ist das? Bruno Bastien. Kenne ich nicht. Komm, lass uns das Paket aufmachen und sehen, was drin ist.«

Louis riecht den scharfen Schweiß seiner Achselhöhlen. Dabei hat er erst vor einer halben Stunde geduscht.

Dieser Arsch von Bruno. Verdammte Scheiße. Wie komme ich aus dieser Nummer wieder raus?

Er liebt Nathalie. Schon als er sie zum ersten Mal sah, faszinierte sie ihn. Die unerschrockene Kraft, die in ihr steckt, trotz ihrer fast schüchternen Zurückhaltung. Sie gibt ihm viel Raum, ist eine gute Zuhörerin und absolut aufrichtig. Obwohl sie viel Übles erleben musste, macht sie kein Drama um sich. Sie hat düstere Tage, dann braucht sie Zeit für sich, aber da ist auch viel gemeinsames Lachen. Außerdem ist sie klug und auf eine Art, die ihr selbst kaum bewusst ist, attraktiv. Er findet, dass sie in diesem Cateringjob intellektuell total unterfordert ist. Sie sollte ihr Studium abschließen und dann weitersehen.

Er hat es in den fast vier Jahren, seit sie zusammen sind, einfach nicht fertiggebracht, ihr zu sagen, dass er immer wieder auch mit Männern zusammen war. Früher schon. Und immer noch. Dass er sich im *Queens* abschleppen lässt. Dass er darauf steht, schick aufgebretzelt in Frauenkleidern auszugehen, von Männern gewollt zu werden, Sex mit ihnen zu haben. Es ist schön mit ihr, sie liebt seine Sanftheit und er ihre. Er begehrt sie, aber da ist diese andere Seite in ihm. Er ist sicher, dass sie nicht damit klarkäme, und er will sie auf keinen Fall verlieren.

Nathalie ist dabei, das Paket aufzureißen. Ein mit vielen Goldornamenten verzierter Karton kommt zum Vorschein.

»Das sieht aber edel aus!«

Sie hebt behutsam den Deckel ab und zieht aus dem rosa Seidenpapier eine Koons-Tasche mit dem

Mona-Lisa-Motiv. Nathalie strahlt über das ganze Gesicht und streichelt den rosa Häschenanhänger.

»Schatz, wie hast du das geschafft?«

Louis kann sein Glück kaum fassen. Er atmet verstohlen aus.

Gott sei Dank liegt keine Karte bei.

»Ich kenne da einen, der inzwischen für Vuitton arbeitet. Ich habe ihm vor Jahren mal aus der Patsche geholfen. Er hat wohl gedacht, dass wir verheiratet sind und deinen Vornamen verwechselt.«

Nathalie rennt zum Spiegel im Flur und betrachtet sich mit der Tasche.

»Sieht selbst zum Bademantel toll aus!«

Für einen Moment findet sie sich total oberflächlich und lächerlich.

Was soll ich mit so einer Tasche?

Sie zögert, verzieht das Gesicht.

»Das ist aber nicht dieser schmierige Typ, der dich bei dem Diner im Louvre angemacht hat? Oder Louis?«

»Aber nein, mein Schatz. Wir müssen unbedingt mal wieder nobel essen gehen, damit du die Tasche ausführen kannst. Was hältst du davon?«

»Klar, so eine Tasche will raus, auffallen und bewundert werden.«

Nathalie legt die Tasche in den Karton zurück, umarmt Louis von hinten und drückt ihm einen Kuss auf die Wange.

Er riecht fremd. Stechend nach Schweiß.

5

Nach einem harten Arbeitstag, bei dem sie mal wieder, warum auch immer, alles gegeben hat, genießt sie einen Abend ganz für sich allein.

Sie sitzt in einem flauschigen Hausanzug mit ausgestreckten Beinen, den Rücken an ein üppiges Kissen gelehnt, auf der Tagesdecke ihres Doppelbetts, einem schweren Überwurf, zusammengesetzt aus unzähligen quadratischen, rot gemusterten Stoffstücken. Dieses Prachtexemplar von Decke hat sie letztes Jahr in einem Dekorationsgeschäft entdeckt. Sie konnte nicht widerstehen. Sie hat Louis nicht verraten, wie viel die Decke wirklich gekostet hat, obwohl es eigentlich gar keine Rolle spielt, denn sie hat den Quilt von ihrem eigenen Geld bezahlt. Und den Kauf keine Minute bereut. Jedes Mal, wenn sie das Schlafzimmer betritt, fällt ihr erster Blick bewundernd auf das Bett.

Von Zeit zu Zeit leistet sie sich etwas Extravagantes. Sie fühlt sich dann, zumindest für ein paar Tage, besonders. Wie eine Person, die sich vieles leisten kann, unbeschwert das Leben genießt. Wenn sie an die schäbige Wohnung ihrer Eltern zurückdenkt, überkommt sie immer noch Scham und so etwas wie ein klebriges Grauen. Ein Gefühl, als streckten sich Tentakel mit Widerhaken nach ihr aus und versuchten, sie zu verschlingen.

Schon damals hat sie nach dem Abendessen, wenn

ihre Eltern mit Chips und Flips vor der Glotze saßen, mit einer geklauten Einrichtungszeitschrift auf dem Bett gelegen und sich elegante Sofas, hochwertige Küchenutensilien und Stoffe angeschaut, sich in eine schicke Wohnung in einer netten Gegend geträumt. Die Hochglanzabbildungen der schönen Dinge beruhigten sie, versprachen ein anderes Leben.

An einem ein paar Ecken entfernten Kiosk mit internationalen Zeitschriften hat sie sich vorhin eine englische Architekturzeitschrift gegönnt. Das Titelblatt ist ihr sofort ins Auge gestochen. Die Abbildung eines über und über begrünten Hotels in Singapur. Bislang hat sie nicht viel Gutes über diesen Stadtstaat gehört, aber es fasziniert sie zu lesen, dass schon bei der Staatsgründung ein Chefgärtner berufen wurde, der für den Erhalt tropischer Waldflächen zur Erholung der Bewohner und zur Verbesserung der Luft zu sorgen hat. Dafür, dass Gebäude mit Dschungelpflanzen begrünt werden. Es gibt dort keinen Smog wie in anderen asiatischen Städten. Man drängt die privaten Autos aus der Stadt, fördert Bus- und Bahnverkehr. Sie blättert sich durch die Zeitschrift und spürt, wie sie sich beim Anblick der abgebildeten, terrassenartig bepflanzten Häuser entspannt.

Gerne hätte sie Architektur studiert, aber ihr räumliches Vorstellungsvermögen hält sich in Grenzen. Zeichnen kann sie auch nur mäßig. Und die Welt der Architektur ist immer noch, von Ausnahmen wie Zaha Hadid abgesehen, eine reine Männerdomäne. Aber niemand kann ihr verbieten zu tagträumen, sich als berühmte Architektin zu sehen, sich vorzustellen, sie würde mit dem Pritzker-Preis ausgezeichnet.

Sie schließt für einen kleinen Moment die Augen, dann blättert sie weiter.

Als sie die Abbildung einer Schule in Bangladesch, vollständig aus Lehm gebaut, entdeckt, muss sie unwillkürlich lächeln. Von einer deutschen Architektin gebaut, liest sie. Aus Lehm! Ein natürlicher, preiswerter Baustoff, der gerade in heißen Ländern ideal ist. Für den sich die Bauwirtschaft leider in keinster Weise interessiert, wie in dem Artikel steht.

Sie lässt die Zeitschrift sinken, lehnt ihren Kopf sanft an das Kissen.

Es gibt so viel Schönes in der Welt!

Sie träumt sich immer noch gerne fort, an wunderschöne Orte, oder besser gesagt an Orte, von denen sie glaubt, dass sie idyllisch sind, an denen sie entspannt auf die sonnenbeschienene, leicht gekräuselte Oberfläche eines Sees oder des Mittelmeers schauen kann. Vielleicht von einer erhöhten Terrasse aus, mit einer Bruchsteinmauer oder einer Felswand im Rücken. Orte, an denen in ihrer Vorstellung nichts Böses geschieht.

Auch damals hat sie sich weggeträumt. Hat sich die Packung Schokoküsse vorgestellt, die sie danach im Supermarkt kaufen würde. Wie sie in die knackige Schokolade beißen, die eigentlich zu süße, weiße Creme auf der Zunge spüren und am Ende die Waffel in zwei Happen verschlingen würde. Bis die Packung leer war. Das Geld für die Schokoküsse klaubte sie aus den Jackentaschen ihres Vaters, der davon überzeugt war, immer alles mitzubekommen, alles zu kontrollieren, aber in seinem besoffenen Hirn keinerlei Überblick über das Klimpergeld in seinen Taschen hatte.

Eines Nachmittags hat sie beobachtet, wie er Geldscheine, einzeln, zwischen die Seiten seiner Motorsporthefte geschoben hat. Sie hätte gerne gewusst, ob er sich die Summen notierte und immer mal wieder kontrollierte, ob noch alles da war. Ihre Mutter hätte ein wenig mehr Haushaltsgeld gut gebrauchen können, am Monatsende gab es meist nur noch Pfannkuchen und Linsensuppe zum Abendessen. Aber sie weihte ihre Mutter nicht ein. Lieber aß sie Pfannkuchen.

Die Illustrierten lagen in einem Stapel unter dem Fernseher, in einem Fach des Rauchglasboards. Niemand durfte sie in die Hand nehmen, sonst gab es Ärger. Wurde der Stapel zu hoch, nahm er einige der zuunterst liegenden Zeitschriften und verschwand damit in den Keller. Dort wird er das Geld herausgenommen haben und die Hefte in den verstaubten Plastikcontainer, in dem er sämtliche Jahrgänge seiner Zeitschriften sammelte, verstaut haben.

Nach seinem Sturz kniete sie vor dem Fernseher, während ihre Mutter außer Haus war, blätterte jedes Heft durch und kassierte die Scheine ein. Als allererstes kaufte sie sich in der Drogerie ein Kölnisch

Wasser, warf das billige Rasierwasser ihres Vaters in den Müll und versprühte jeden Morgen, bevor sie ins Bad ging, den frischen Duft. Wie hatte sie sich immer geekelt, wenn sie nach ihm ins Bad musste.

Während der Südfrankreich-Fahrt kaufte sie von einem Teil des Geldes in einem Supermarkt eine Flasche Champagner für sich und Lea. Was für ein Gefühl! Nathalie aus der Siedlung kauft Champagner! Eine Verkäuferin hatte sie beobachtet, wie sie völlig überfordert vor dem Regal mit Hunderten von Flaschen verschiedenster Marken gestanden hatte und war ihr zu Hilfe gekommen. Damals verstand sie kaum ein Wort, aber sie vertraute der Expertin. Sie leerten die Flasche am Ufer der Ardèche, als alle anderen schon in ihren Zelten lagen.

Diese Vollmondnacht wird sie niemals vergessen. Noch heute kann sie sich an das leicht säuerliche Prickeln der Kohlensäurebläschen an ihrem Gaumen erinnern. Lea wunderte sich, dass sie Geld für Champagner hatte, bohrte aber nicht weiter nach.

Überhaupt war ihr Lea damals ungewohnt passiv, fast lethargisch vorgekommen. Vor der Abreise fehlte sie viel in der Schule. Ständig bekam sie Fieber, die Ärzte vermuteten schon Pfeiffersches Drüsenfieber. Aber Lea hatte bestimmt mit niemandem geknutscht.

Während der Fahrt teilten sie sich ein Zelt. Sie schlief wie ein Stein. Die Albträume und die Selbstvorwürfe kamen erst später. Dass sie sich hätte wehren können. Selbstverteidigung hätte lernen sollen, den Umgang mit einer Waffe. Dass sie sich ihrer Lehrerin hätte anvertrauen sollen. Oder Lea. Obwohl sie immer das Gefühl hatte, dass Lea sowieso Bescheid wusste. Natürlich wusste sie alles, hat immer wieder versucht, ihr zu helfen, hat sie aber nie bedrängt. Sie selbst war es, die Lea zurückgewiesen, sie vor den Kopf gestoßen hat. Damals, in Frankreich, war Lea öfter mitten in der Nacht aufgestanden, meinte, der Vollmond würde sie vom Schlafen abhalten.

Nathalie nippt an ihrem Rotwein und greift nach dem Käsebaguette auf ihrem Nachttisch und beißt hinein. Der Époisses ist ziemlich reif und riecht streng, aber im Gegensatz zu Louis liebt sie kräftige Weichkäse. Sie nimmt sich vor, die ganze Wohnung gründlich zu lüften, falls er früher nach Hause kommen sollte. Sonst würde ihm schon beim Öffnen der Wohnungstür schlecht werden.

Erneut schließt sie die Augen. Sieht Louis vor sich. Noch immer kommt, wenn sie ihn anschaut, seine Schönheit wie ein Schock über sie. Für ihr eigenes Aussehen fehlen ihr sämtliche Maßstäbe, auch wenn sie immer wieder Komplimente einheimst. Nicht nur von Louis. Sie nimmt es zur Kenntnis, aber es bedeutet ihr nichts. Aber Louis könnte einem Gemälde entstiegen sein.

Heute ist sein »freier Abend«. Wahrscheinlich schläft er wieder bei einem Kumpel. Sollte er mitten in der Nacht heimkommen, klappt er sich das Schlafsofa im Wohnzimmer aus. Bevor sie nachher das Licht ausmacht, wird sie sein Kissen und seine Decke rüberbringen. Damit sie nicht durchdreht, wenn sich mitten in der Nacht jemand im Dunkeln ins Schlafzimmer schleicht.

Sie richtet sich auf, schüttelt das dicke Kopfkissen in ihrem Rücken auf und lehnt sich wieder an.

Sie und Louis kommen gut miteinander klar. Louis ist ihr erster Partner, der ihr kompliziertes Regelwerk, was den Sex betrifft, akzeptiert, es sogar schön findet. Sagt er jedenfalls.

Er ist kein Macho, klopft keine blöden Sprüche, muss sich nicht vor anderen brüsten. Er wäscht seine Sachen selbst, kauft ein, kocht gerne. Er ist ihr ein wenig zu karrieregeil, pingelig in Haushaltsdingen, aber sie sind seit knapp vier Jahren zusammen. Das ist die längste Beziehung, die sie je hatte. Er bringt sie zum Lachen, auch über sich selbst. Viel erzählt hat sie Louis nicht von der schlimmsten Zeit ihres Lebens, aber er weiß alles Wichtige und er hat verstanden. Er spürt es, wenn sie mal wieder für einen Tag oder zwei allein sein muss.

Sie ist einigermaßen zufrieden mit ihrem Leben, das heißt schon was. Die drei Jahre Psychotherapie haben ihr sehr geholfen, aber Therapie ist kein Wischmopp, der Geschehenes wegputzt und eine schöne glatte Tanzfläche zurücklässt. Sie hat gelernt, sich nicht zu verachten, freundlich zu sich zu sein, sich nicht zu schämen für das, was ihr angetan wurde. Sie weiß, dass eine glückliche Ausstrahlung anziehender macht als spürbares Unglück, sie erlebt Schönes ganz bewusst, schreibt sich solche Ereignisse in ein kleines Heftchen. Aber glückliche Ereignisse lassen sich nicht gegen die früher erduldete Gewalt aufwiegen. Das Leben ist keine mathematische Gleichung. Einige ihrer Affären endeten schon nach ein paar Wochen, weil sie nicht dauergutgelaunt durch die Tage glitt.

Es ist nie zu spät für eine glückliche Kindheit. Diesen letzten Satz hatte sie vor Jahren in einem Buch gelesen. Das könnte diese absurde Liebesgeschichte von Tom Robbins gewesen sein.

Ja, sie versucht immer mal wieder in einer Art Meditation, sich ganz präzise eine glückliche Kindheit auszumalen. Ihre Fantasiemutter ist eine erträglich schlampige Schriftstellerin und ihr Vater ein hervorragend kochender Musiker. Sie leben im Erdgeschoss eines Altbaus und können von der Küche aus direkt in den Garten gehen. Sie hat dort ihre Lieblingsecke an der Backsteinmauer, direkt neben den rankenden Rosen. Ständig ist Besuch da, es wird viel gelacht. Sie lernt Trompete, ihr Vater begleitet sie am Klavier. Manchmal singt ihre Mutter mit ihrem schönen Mezzosopran Jazzstandards. *Blue Moon. April in Paris.*

Über ihre Kindheit in der Kölner Siedlung spricht sie so gut wie nie. Meist sind es zufällige Begegnungen, kurze Reisebekanntschaften, immer Frauen, denen sie spontan anvertraut, dass ihr in ihrem Elternhaus Schlimmes angetan wurde. Sie deutet es nur an, nie käme es ihr in den Sinn, andere mit Details zu erschlagen. Diese Gesprächspartnerinnen behält sie im Gedächtnis. Als wären sie gute Freundinnen. Freundinnen, die sie nie wiedersehen wird.

Es war eine gute Entscheidung, nach Paris zu gehen. Sie bereut es keinen Moment. Trotz aller Ängste ist sie in die Stadt der Mode, der Kunst, der großartigen Architektur gegangen. Sie hat ihren armseligen Hintergrund loswerden wollen, solange in Kultur baden wollen, bis sie als ein anderes Wesen aus der Wanne steigt. Als ein Wesen, das in jeder Situation des Lebens sich zu verhalten weiß.

Nach bestandenem Abi ist sie sofort, gemeinsam mit Lea, nach Berlin gezogen. Die Jammerei ihrer Mutter, sie möge sie doch nicht im Stich lassen, sie beide würden es sich jetzt zu zweit schön machen, ließ sie kalt an sich abprallen. Diese Frau hatte jeden Anspruch auf sie verwirkt.

Damals erhoffte sie sich von Berlin, dass dieses nagende Gefühl, ihr wahres Leben warte irgendwo anders, verschwinden würde. Damals waren sie und Lea noch eng verbunden. Unglaublich, dass Lea gewartet hat, bis sie, die Sitzenbleiberin, ein Jahr später mit der Schule fertig war.

Lea hat gejobbt, gespart und ist immer wieder nach Berlin gefahren. Hat das Terrain sondiert. Dank ihrer extrovertierten Art knüpfte sie mühelos Kontakte und fand schnell eine für Berliner Maßstäbe kleine Altbauwohnung in einem Hinterhaus in Friedenau für sie beide. Das größere Durchgangszimmer haben sie als eine Art Wohn- und Esszimmer genutzt, hinter der hohen Doppeltür war ihr kleines Reich gelegen. Ihr erstes abschließbares Zimmer in einer eigenen Wohnung.

Achtzehn sichere Quadratmeter. Anfangs nur mit

einer neuen Matratze direkt auf dem Boden, einem Ikea-Bürotisch und einer Kleiderstange möbliert. Sie erinnert sich noch genau, dass sie eine Riesensumme für Bettwäsche aus dem KaDeWe ausgegeben hat. Aus der elterlichen Wohnung hatte sie so gut wie nichts mitgenommen. Die sauteure, türkisfarbene Bettwäsche hat sie noch heute.

Die ersten Monate hat sie jede Nacht ihr Zimmer abgeschlossen, dann entspannte sie sich. Lea respektierte ihre Intimsphäre ohne jede Diskussion. Ist nie einfach in ihr Zimmer gestürmt, hat immer angeklopft und ihre Antwort abgewartet.

Lea begann, Vergleichende Literaturwissenschaft zu studieren, sie selbst Französisch und Germanistik. Sie wollte auf keinen Fall auf Lehramt studieren. Der Gedanke, vor einer Schulklasse zu stehen, von allen angestarrt zu werden, war unerträglich. Eher schwebte ihr die Arbeit in einer Redaktion oder einem Verlag vor.

Anfänglich fuhr sie noch voller Begeisterung zur Uni, freute sich auf ihre Seminare, aber nach einer Weile konnte sie die anspruchsvollere Fortsetzung der Schule auf freiwilliger Basis, so empfand sie das Studium, nicht mehr ertragen: die überfüllten Seminarräume, in denen sie oft auf dem Boden hocken musste, die langweiligen Vorlesungen, die chaotischen Arbeitsgruppen. Sie musste sich eingestehen, dass sie sich das Studieren zu romantisch vorgestellt hatte.

Vom ersten Studientag an fiel ihr Vicky auf. Sie

begegneten sich in fast jedem Anfängerseminar. Als sich in einer Linguistik-Einführung Arbeitsgruppen bilden sollten, entschieden sie sich durch einen kurzen Augenkontakt füreinander. Vicky war Berlinerin, bodenständig, nicht so verwöhnt und abgehoben wie viele andere Mitstudenten. Sie ließ sich nichts vormachen, berlinerte absichtlich, wenn sie etwas vortrug und verhinderte mit ihren frechen Bemerkungen, dass sie, Nathalie, die Dozentinnen und Dozenten allzu schnell brillant fand. Vicky war 30 Jahre alt, hatte das Abi über den zweiten Bildungsweg gemacht und sich das Studium an der FU auch anders vorgestellt. Ihre Traumfächer, Französisch und Theaterwissenschaft, konnte sie aufgrund ihres guten Notenschnitts ohne Numerus clausus im Hauptfach studieren, aber sie lästerte vom ersten Tag an über lächerliche Kommilitonen, die in Filmseminaren mit Wim-Wenders-Brille herumliefen und sich als Künstler gerierten. Leider verschwand Vicky nach drei Semestern nach und nach aus ihrem Leben. Sie gab das Studium auf, jobbte als Taxifahrerin und zog schließlich in eine Landkommune in Mecklenburg.

Nachdem Vicky verschwunden war, blieb sie immer öfter morgens im Bett liegen, versäumte Seminare, machte kaum noch einen Schein. Frustriert über den uninspiriert abgespulten Vortrag eines Professors und schmerzhaft einsam nahm sie eines Nachmittags die U-Bahn zurück nach Friedenau, warf sich aufs Bett und heulte sich die Augen aus.

Sie vermisste Vickys loses Mundwerk. Es war

langweilig ohne sie. Und Lea war immer seltener zu Hause, bekam kaum mit, dass die Uni nichts für sie war. Dass sie keinen Anschluss fand. Sie fühlte sich gehemmt, als Außenseiterin. Ihre Mitstudentinnen blieben ihr fremd, schienen immer schon alles zu wissen. Schockierend selbstbewusst saßen sie da in ihren Designerjeans, äußerten ohne jeden Skrupel ihre Gedanken. Sprachen über Dinge, von denen sie selbst keine Ahnung hatte. Sie fand nicht den richtigen Code. Immer war da diese Kluft. Was sicher auch an ihrer Schüchternheit lag, ihrer Scham darüber, dass sie puterrot anlief, wenn sie mal was sagte.

Sie liebte die französische Sprache. An ihrem Wortschatz, an der komplizierten Grammatik lag es nicht, dass sie die Sätze in den Schriften von Derrida, Foucault, Lacan nicht kapierte. Sie las wieder und wieder dieselben Abschnitte und verstand nichts. Sie ging in die Staatsbibliothek, nahm sich die deutschen Übersetzungen der Texte vor, aber nach kurzer Zeit schon verschwammen die Buchstaben vor ihren Augen. Bleierne Müdigkeit überfiel sie. Sie war überfordert und traute sich nicht, mit jemandem darüber zu sprechen.

Niemand aus ihrer Familie hatte ein Gymnasium besucht, ihre Mutter hatte Romanheftchen gelesen. Am liebsten Ärzteromane, in denen eine liebe Krankenschwester für den Chefarzt schwärmte und von ihm nach vielen Hindernissen und Intrigen vor den Altar geführt wurde. Bücher gab es bei ihnen nicht. Nur ihrer Grundschullehrerin Frau Gebbert hatte sie es zu verdanken, dass sie aufs Gymnasium gehen durfte. Ihre Eltern legten keinen Wert darauf, dass sie Abitur machte, reagierten aber kleinlaut, als die Lehrerin sie im Elterngespräch auf die Intelligenz ihrer Tochter hinwies. Und ihnen klarmachte, dass es eine Schande wäre, wenn sie nicht auf eine weiterführende Schule gehen dürfe.

Schon nach einem Jahr in Berlin war zwischen ihr und Lea eine unüberwindliche Mauer entstanden. Ihre beste, einzige und treueste Freundin wurde ihr immer fremder.

Habe ich mich selbst von Lea zurückgezogen? Weil sie so viel von mir wusste? Ich den Gedanken nicht ertragen konnte? Schon möglich.

Kurz denkt sie daran, dass ihre Mutter immer behauptet hat, nichts mitbekommen zu haben.

Wie blind muss man sein, um nicht zu sehen, wie sich die eigene Tochter radikal verändert?

Die Monate vergingen, sie fuhr oft eine ganze Woche lang nicht mehr zur Uni nach Dahlem. Sie hockte in Cafés herum, vertrödelte die Zeit. Las die Tageszeitungen, blätterte in Illustrierten. Nathalie, das Kind aus sehr einfachen Verhältnissen, spielt Bohème, urteilte sie über sich selbst. Nicht ohne ein kleines bisschen Koketterie.

Durch Zufall entdeckte sie die Stellenanzeige eines großen Berliner Hotels in einer der guten Tageszeitungen. Sie glaubte zu wissen, dass aus ihr keine Akademikerin werden würde, und dass sie auf Dauer nicht vom Bafög leben konnte, war sowieso klar. Sie bewarb sich, bekam schon zwei Tage später eine Zusage. Damit hatte sie nicht gerechnet, das ging ihr fast zu schnell. Aber sie begann zwei Wochen später die Ausbildung zur Hotel- und Restaurantfachfrau. Fünf Semester Französisch waren nicht umsonst gewesen. Vermutlich bekam sie deshalb den Ausbildungsplatz.

Zunächst wurde sie zum Zimmermädchen geschult. Anschließend arbeitete sie an der Rezeption und im Service des Restaurants. Sie lernte alles über Weine, tranchierte und flambierte. Mit ihren Kollegen und Kolleginnen kam sie klar, aber sie hielt sich abseits, lehnte Einladungen und Treffen ab. Mal aus Scheu, mal aus Desinteresse. Sie kam aus ihrer Außenseiterrolle nicht heraus. Mit dem Umzug nach Berlin hatte sie eine neue Person werden wollen, aber ein notorisches Gefühl der Unzulänglichkeit lastete wie ein zu schwerer Rucksack auf ihren Schultern.

Lea freute sich über ihre neu erworbenen Kochkünste, war aber oft mit neuen Bekanntschaften unterwegs, kam selbst zum Schlafen nicht nach Hause. Nichts war wie erhofft. Als sie noch zusammen zur Schule gingen, hatte Leas inneres Feuer sie immer mitgewärmt. In Leas Nähe zu sein, bedeutete, dass sie existierte.

Wenn sie mich sah, dann war ich kein Nichts.

Wenn Lea nachts wegblieb, schloss sie sich in ihrem Zimmer ein, vorher kontrollierte sie die Schlösser der Wohnungstür. Ihr zitterten die Beine, wenn sie an ihrer Zimmertür das Licht ausmachte und barfuß im Dunkeln zum Bett rannte und die Decke über den Kopf zog. Dann lag sie da, achtete auf jedes Geräusch, konnte lange nicht einschlafen.

Lea wusste nichts davon und sollte auch nichts wissen.

Lea fühlte sich immer mehr zu Frauen hingezogen. Damit hatte sie absolut keine Probleme. Schon als sie beide auf dem Gymnasium waren, interessierte sich Lea nie für die Jungs aus der Parallelklasse, das kindische Gekicher und Schwärmen ihrer Mitschülerinnen für picklige Fünfzehnjährige fand sie lächerlich. Lea suchte Kontakt zu jungen Lehrerinnen, blieb nach Schulschluss in der Klasse zurück, stellte tiefsinnige Fragen, um die bewunderte Lehrkraft zu beeindrucken und in ein Gespräch zu verwickeln.

Lea war umschwärmt, sah toll aus, bekam mehr und mehr lukrative Jobs als Model, besuchte kaum noch ihre Seminare an der Uni. Sie verdiente in kurzer Zeit eine Menge Geld, erhielt Angebote für Werbefilme. Dann war sie, ohne große Ankündigung, von einem auf den anderen Tag, so kam es ihr jedenfalls vor, nach München gezogen. Sie hatte sich an einer Schauspielschule beworben und war angenommen worden. Sie erklärte ihr, München wäre schicker, nicht so angeranzt wie Berlin, da passe sie besser hin. Leas Entscheidung stand fest, trotzdem war ihr schlechtes Gewissen mit Händen zu greifen gewesen.

Sie selbst versuchte, ihre Verzweiflung zu überspielen, aber natürlich wusste Lea um ihre Verfassung. Wie immer. Nur wollte sie es nicht mehr wissen.

Es war ihr Traum gewesen, gemeinsam nach Berlin zu ziehen. Der Traum war zu Ende. Sie vermutete, dass Lea in München einer schönen Frau begegnet war.

Jetzt war sie allein in der Friedenauer Wohnung, konnte sich keine andere Mitbewohnerin vorstellen. Allein der Gedanke, dass zwanzig oder dreißig Bewerberinnen vor der Tür standen und sie eine auswählen sollte, die ihr halbwegs gefiel, war erschreckend. Lieber gab sie ihr gesamtes Geld für die Miete aus.

Ach, Lea.

Sie haben schon lange keinen Kontakt mehr. Sie seufzt.

Wie mag es ihr gehen?

Ihr Blick fällt auf die Jeff-Koons-Tasche auf der Kommode.

Schon komisch mit diesem Bruno Bastien. Louis hat ihn noch nie erwähnt.

Sie steht auf, wirft die Zeitschrift auf ihren Nachttisch und stellt den Fernseher an. Zappt sich durch die französischen und dann durch die deutschen Sender.

Liebe Güte, Quizsendungen ohne Ende, blöde Serien. Das ideale Programm für meine Mutter.

Sie bleibt an einer Krankenhausserie hängen. Beim Anblick einer Krankenschwester – man sieht nur ihren Rücken –, die am Bett einer Patientin einen

Tropf kontrolliert, wird ihr heiß. Als die Schauspielerin sich umdreht, von vorne in einer Nahaufnahme zu sehen ist, stockt ihr Herz.

Das ist Lea. Unverkennbar. Die Nase ist anders. Klassischer. Sie wollte sich immer die Nase korrigieren lassen. Lea in einer Krankenhaus-Soap. Wie verrückt. Wo ich gerade noch an sie gedacht habe!

In der nächsten Szene vermittelt sie mit einem etwas zu betonten Gesichtsausdruck, dass es um die Patientin nicht gut steht.

Sie ist älter geworden, natürlich.

Sie schaut die Folge zu Ende, aber Lea taucht nicht mehr auf. Nach fünf Minuten läuft der Abspann. Nathalie kriecht auf dem Bett an das Fußende und starrt auf den Bildschirm. Eine Schwester Helene wird aufgeführt. Gespielt von Sophie van Haaren. Leas Name taucht nicht auf.

Aber das war sie.

Nathalie öffnet ihren Laptop und gibt Sophie van Haaren ein. Es muss ein Pseudonym sein. Sie lebt offensichtlich wieder in Köln. Spielt schon seit Jahren in dieser Serie. Nathalie klappt das Gerät zu, lässt sich nach hinten sinken.

Ihr schwirrt der Kopf – zu viele Gedanken an früher. In den Bilderfluten, die ihr durch das Hirn schießen, ist ihr Vater auch vertreten. Erträgliche Bilder aus Kleinkindertagen: Als er sie tröstet, weil ihr ein Schokoladeneis in den Dreck gefallen ist. Wie er an ihrem alten Gasherd in der Siedlungswohnung Pfannkuchen backt. Die verschwommenen Bilder aus späteren Jahren versucht sie gleich in die imaginierte *Schachtel für verbotene Erinnerungen* zu sperren. Das hat sie während der Therapie ausprobiert, und es hat sich bewährt.

Seit 18 Jahren ist er jetzt tot. Eine Nachbarin hatte ihn mit gebrochenen Halswirbeln im Treppenhaus gefunden. Er war stark alkoholisiert. Er starb zwei Wochen später im Krankenhaus – war aus dem Koma nicht mehr aufgewacht. Sie ist damals weder ins Treppenhaus gerannt, als sie das Geschrei der Nachbarin hörte, noch hat sie ihn im Krankenhaus besucht. Die Sanitäter haben an ihrer Wohnungstür Sturm geläutet. Sie hat nicht aufgemacht, saß in der Küche und hielt sich die Ohren zu.

Ihre Mutter hat ein Riesentheater gemacht, weil sie nicht zur Beerdigung gehen wollte. Warum hätte sie den Schein wahren sollen? Sie ist stur geblieben, konnte trotzdem an nichts anderes denken.

Als er weg war, fühlte sie sich befreit, aber ihr Elend blieb.

Mit ihrer Mutter kam sie gar nicht mehr klar. Sie spielte die trauernde Witwe und biederte sich bei ihr an. Brachte nach der Arbeit Kuchen vom Lieblingsbäcker mit. Wollte es sich jeden Abend mit ihr auf dem Sofa gemütlich machen.

Jahrelang war es ihr recht gewesen, dass ihre Tochter die Abende allein in ihrem Zimmer verbrachte. Nie hatte sie etwas wissen wollen. Noch nicht einmal um ihrer selbst willen war sie auf die Idee gekommen, einen Mann zu verlassen, der ständig besoffen nach Hause kam und sie und die Tochter verprügelte, Geschirr zerschlug, das Geld verprasste.

Und wieso sollte sie für die wenigen Cousinen ihrer Mutter und die Nachbarschaft die untröstliche Tochter spielen? Wenn ihr Opa noch gelebt hätte, dann wäre da wenigstens ein geliebter Verwandter gewesen. Aber der Vater ihrer Mutter war schon lange tot. Opa Heinz hatte sie jahrelang jeden Sonntag zu einem Spaziergang abgeholt, sich geduldig wie ein Hütehund, der über sie wachte, ihr Geplapper angehört, ihr Erdnüsse oder Waffeln gekauft und sie am späten Nachmittag wieder zu Hause abgeliefert. Ihm wäre aufgefallen, dass etwas mit ihr nicht stimmte, nachdem sie acht Jahre alt geworden war.

Das Einzige, was sie wollte, war, mit Lea auf die Kanufreizeit nach Südfrankreich zu fahren. Alles hinter sich zu lassen. Die elende Wohnung samt ihrer Mutter nie mehr wiederzusehen.

Wird das für immer mein schönster Urlaub bleiben? Mit Lea zusammen im Boot über die wilden Strudel der Ardèche zu steuern? Meine Armmuskeln zu spüren, wie nie zuvor? Heimlich in einer kleinen Bar einen Pastis zu trinken?

Über den Tod meines Vaters haben wir nie gesprochen. Natürlich wusste Lea Bescheid, sie ist oft donnerstags weggegangen, hat die Nachbarwohnung verlassen, bevor mein Vater heimkam. Einmal hat sie versucht, meinen Vater im Treppenhaus zu stellen. Noch jetzt kommen mir die Tränen, wenn ich daran denke. Ich weiß, dass ihr Verhältnis zu ihren Eltern extrem schlecht wurde. Sie hat die Zeit bis zum Abi und unserem Umzug nach Berlin schweigend in der Wohnung ihrer Eltern abgesessen – wenn sie nicht gerade in Berlin unterwegs war und ihre Fühler ausstreckte.

Sophie van Haaren! Bisschen pompös, der Name! Aber irgendwie auch gut.

Nathalie trinkt den Rest des Rotweins in einem Zug aus.

Wie müde ich plötzlich bin.

Sie fühlt sich völlig erledigt. Zu viel Vergangenheit. Sie kann die Gedanken kaum stoppen. Bestimmt schaut ihre Mutter diese Krankenhaus-Soap. Das war schon immer ihr Ding. Da kannte sie sich aus. Aber würde sie sich eine Serie mit Lea anschauen? Oder würde sie Lea gar nicht erkennen?

Nathalie seufzt, als sie ihre Mutter vor sich sieht.

Zum Geburtstag schickt sie ihr alle Jahre wieder eine kitschige Glückwunschkarte mit einem 50-Euro-Schein. Die Karte wirft sie sofort weg, als wäre sie irgendwie kontaminiert. Den Geldschein hat sie beim ersten Mal einer Bettlerin zugesteckt. Mittlerweile spendet sie das Geld einer Hilfsorganisation. Nichts, aber rein gar nichts möchte sie von dieser Frau.

Gelegentlich schreibt sie ihr, in einem Anfall kurzfristigen Mitgefühls, eine Ansichtskarte aus dem Urlaub. Was sie, kaum dass die Karte im Briefkasten steckt, schon wieder bedauert.

Vor zwei Jahren – war das tatsächlich schon zwei Jahre her? – kündigte ihre Mutter in einer Briefkarte an, dass sie mit einer Busreisegruppe drei Tage in Paris sein würde. Sogar das Prospekt des Veranstalters steckte mit im Kuvert. Sie bettelte schon Wochen vorher darum, dass sie sich endlich einmal treffen sollten und dies eine wunderbare Gelegenheit sei. Jede Woche trudelte eine weitere Nachricht ein. Nie hatte sie ihr ihre Telefonnummer, ihre Handynummer oder Mailadresse gegeben. Allein die Vorstellung, dass ihre Mutter sich in ihrem Paris aufhalten würde, löste Panikgefühle in ihr aus.

Schließlich ließ sie sich breitschlagen und antwortete ihr mit unterdrückter Telefonnummer per SMS. Sie schlug ein Café im Marais und eine Uhrzeit vor und dort haben sie sich auf einen Kaffee getroffen. Sie war zusammengezuckt, als eine aufgedunsene, rotgesichtige Frau mit billig aussehenden blonden Strähnchen auf sie zustürmte und sie an sich riss. Erstarrt und voller Abscheu ließ sie eine linkische, kurze Umarmung über sich ergehen. Am liebsten wäre sie auf der Stelle davongerannt. Und doch.

Und doch. Da war eine winzige Sehnsucht in ihr gewesen, sich in die Arme dieser Frau zu stürzen, eine Ewigkeit lang zu weinen, sich von ihr trösten zu lassen und wieder ein Kind sein.

Sie saßen in dem übervollen Café, ihre Mutter versuchte krampfhaft, ihr zu imponieren, erzählte von ihrem Besuch im Louvre, dass sie der Mona Lisa in die Augen gesehen hatte, dass sie mit einer Mitreisenden gestern Abend in einem Bistro Schnecken probiert hatte. Nathalie sah, dass sie sich schick gemacht hatte und vermutlich ihre elegantesten Klamotten trug.

Nach einer Dreiviertelstunde bemühtem Smalltalk befürchtete Nathalie, es vor Erschöpfung, Überdruss und Wut nicht mehr nach Hause zu schaffen. Sie murmelte etwas von Kopfschmerzen, stürzte zum Tresen, legte einen Geldschein auf die Geldablage neben der Kasse und rannte fast aus dem Café. Sie ließ die Frau, die sie auf die Welt gebracht und im Stich gelassen hatte, einfach sitzen.

Kurz darauf schickte ihre Mutter eine Karte und bedankte sich für das Treffen. Das Café habe ihr so gut gefallen, dass sie vor der Abfahrt einen Museumsbesuch der Reisegruppe habe ausfallen lassen und erneut dorthin gefahren sei. Sie weiß noch genau, wie fassungslos sie diese Selbsterniedrigung machte. Dass ihr plötzlich die Tränen über das Gesicht liefen und sie eine gefühlte Ewigkeit nicht aufhören konnte zu weinen.

Nathalie steht vom Bett auf und trägt das leere Weinglas in die Küche. Sie öffnet das Fenster. Schaut hinaus. Ein älteres Touristenpaar, jeweils einen Rollkoffer hinter sich herziehend, nickt ihr zu und verschwindet um die Ecke.

6

Seit vier Jahren schmeißt Frau Roth den Haushalt von Lea Wissler.

Putzt, kauft ein, wäscht, bügelt, bereitet kleine Mahlzeiten vor, backt auch schon mal einen Kuchen. Sie ist effizient – ihr entgeht kein Stäubchen auf der Scheuerleiste –, und die Vorratskammer ist immer gut gefüllt. Die Arbeit macht ihr Spaß, es ist die beste Anstellung, die sie je hatte. Sie wird gut bezahlt, immer wieder überschwänglich gelobt, zu Weihnachten überreicht ihr Frau Wissler jedes Jahr eine Flasche Champagner, dazu einen hübschen Briefumschlag mit ein paar Scheinchen.

Frau Roth kommt fast täglich. Selbst wenn Frau Wissler beruflich unterwegs ist, schaut sie nach dem Rechten, putzt die Fenster oder wäscht Schränke aus. Alle weniger interessanten und lukrativen Putzstellen hat sie aufgeben können. Sie ist jetzt Haushälterin.

Die Südstadtwohnung ihrer Arbeitgeberin ist hell, spärlich, aber sehr geschmackvoll eingerichtet. Kein Nippes, das ständig abgestaubt werden muss, keine empfindlichen Gardinen, die alle drei Monate gereinigt werden müssen. Manchmal erwartet Frau Wissler abends Besuch. Dann hinterlässt sie einen Zettel auf dem Küchentisch, wenn sie frühmorgens ins Studio fährt. Darauf steht meist: *Liebe Frau Roth, könnten Sie mir bitte Ihre wunderbare Lasagne machen. Erwarte Besuch. Wir sind zu zweit. Ganz lieben Dank, Ihre Lea Wissler.*

An den Lippenstiftabdrücken auf den Weingläsern kann sie am nächsten Morgen erkennen, dass es sich um Damenbesuch gehandelt hat. Frau Wissler hat eigentlich nur weibliche Gäste, außer sie lädt Arbeitskollegen und -kolleginnen ein. Das interessiert sie nicht, geht sie auch nichts an.

Sie begegnen sich kaum, ihre Chefin ist viel unterwegs, als Schauspielerin sehr gefragt. Da kann sie sich auch mal eine Pause gönnen, sich einen Espresso kochen, in den Illustrierten schmökern. Hauptsache, hinterher ist alles ordentlich.

Vor drei Monaten hat Frau Wissler gefragt, ob sie zusätzlich zweimal die Woche bei ihrer Mutter Ordnung schaffen könne. Diese sei in letzter Zeit sehr durcheinander, ihre Arbeitsstelle als Kauffrau in einer Spedition habe sie aufgeben müssen, dabei sei sie noch nicht einmal 60 Jahre alt.

Es klang, als habe sie keinen guten Draht zu ihrer Mutter. Anscheinend gibt es, abgesehen von Onkel Michael, dem Bruder der Mutter, keine anderen nahen Verwandten oder auch liebe Freundinnen, die sich kümmern könnten. Der Ex-Ehemann lebt woanders, kommt auch nicht infrage.

Sie hat sich probeweise breitschlagen lassen.

Frau Wissler senior reagierte sehr misstrauisch, wollte kaum die Tür öffnen, aber schon nach ein paar Minuten Ingrid genannt werden. Sie trug teure Kleidung, pausenlos dudelte englische Musik. Hektisch sprang sie auf, wenn sie überhaupt mal saß, und legte ewig dieselbe CD einer Sängerin auf, von der sie noch nie etwas gehört hatte. Sie tanzte wild auf dem Wohnzimmerteppich, warf die Arme in die Luft, wackelte mit den Hüften, als wäre sie siebzehn. »Ich liebe Dusty Springfield«, schrie die Frau über die Musik hinweg. Sie konnte die Texte mitsingen, hatte eine schöne Stimme, das muss man sagen.

You don't own me oder so ähnlich war ganz offensichtlich ihr Lieblingstitel. Sie selbst hat ja kaum Englisch in der Schule gelernt, aber vor Jahren mal einen Volkshochschulkurs besucht. Die Lehrerin hatte ihnen empfohlen, englische Musiktitel – Balladen – anzuhören und zu versuchen, nach und nach den Text zu verstehen. Außerdem empfahl sie, englische Serien im Original mit englischen Untertiteln zu gucken. Na ja, sie besaß nicht mal einen DVD-Rekorder.

Während sie aufräumte, ein Mittagessen zubereitete, den verklebten Fußboden wischte, vergammelte Lebensmittel aus dem Kühlschrank entsorgte, lief dieser Poptitel bestimmt zwanzigmal hintereinander. Sie fand das überspannt. Aber letztendlich wurde sie gut bezahlt. Lea Wissler hatte einen Fünfziger draufgelegt. Wenn Frau Wissler senior ihre Musik hörte und durchs Wohnzimmer tanzte, dann kam sie ihr beim Hausputz nicht in die Quere.

Es war unübersehbar, dass in diesem Haushalt schon länger nichts mehr so lief, wie es sollte.

Vor zwei Wochen wurde es dann problematisch. Die immer lässig elegant gekleidete Ingrid Wissler trug auf einmal Kleidungsstücke, die nicht zueinander passten, verwechselte Worte, wusste nicht mehr, wo das Badezimmer war. Ständig fragte diese Frau, ob sie denn wisse, wo ihr Auto geparkt war. Sie müsse dringend verreisen. Sie wurde wütend, wenn es nicht nach ihrer Nase ging.

Sie rief ihre Arbeitgeberin an.

»Ich war heute Mittag bei ihrer Mutter. Sie können sich nicht vorstellen, wie es in der gesamten Wohnung aussieht – ein einziges Chaos. Überall sind ihre Sachen verstreut, die Kühlschranktür stand offen, es roch eklig.«

Ihre Stimme klang schrill.

»Sie kommt nicht mehr zurecht. Das ist keine Schusseligkeit, wie sie es ständig abtut. Entschuldigung, aber die Frau ist dement. Sie müssen zum Psychiater oder so mit ihr. Das kann so nicht weiter gehen. Sie hat mich voller Wut angerempelt, weil ich ein paar Sachen in den Kleiderschrank einräumen wollte. Wenn sie krank ist, dann kann sie nichts dafür, aber ich bin keine Pflegerin! Vorgestern hat ihr Onkel Michael vor der Tür gestanden. Mit einem Tablett Kuchen vom Konditor. Ihre Mutter ist wie eine Furie auf ihn losgegangen, hat ihm den Kuchen aus der Hand geschlagen und ihn mit den Fäusten traktiert. Nein, das kann so nicht weitergehen. Da muss eine andere Lösung her!«

Sie befürchtete einen Moment lang, sie wäre zu direkt geworden, aber nach einem kurzen Schweigen hörte sie, wie ihre Arbeitgeberin aufstöhnte.

»Ja, ich weiß. Er hat mich hinterher angerufen. Ich wollte sie eigentlich längst fragen, wie es Ihnen damit geht. Es tut mir so leid, dass sie so viel einstecken müssen. Bitte, Frau Roth: Ich bin die nächsten zwei Wochen zu Dreharbeiten in München. Können Sie so lange noch durchhalten? Wenn ich zurück bin, dann kümmere ich mich um alles.«

Sie willigte ein, sie mochte Lea Wissler. Sie war schließlich eine großzügige Chefin, hatte ihr auch schon mal eine Eintrittskarte für eine Live-Comedy-Sendung geschenkt. Ihren Geburtstag vergaß sie auch nie. Jedes Jahr überreichte sie ihr einen Blumenstrauß und eine Flasche Champagner, einen Umschlag mit Geld gab es nur zu Weihnachten. Sie wusste genau, es würde nicht zu ihrem Schaden sein, wenn sie die zwei Wochen durchhielt.

Und dann passierte letzten Donnerstag, es war ein ungewöhnlich milder Morgen, dieser Riesenschlamassel.

Sie klingelte und öffnete sich selbst die Wohnungstür – sie hatte inzwischen einen Hausschlüssel. Frau Wissler stand mitten in der Küche. Der V-Ausschnitt ihres grünen Wollpullis zierte ihren Rücken, ansonsten war sie nackt.

»Was machen Sie denn?«

Das fehlte ihr gerade noch. Der Küchenboden war verdreckt, als wäre wochenlang nicht geputzt worden, dabei war es erst drei Tage her. Vermutlich wollte sie sich ein Omelett machen, überall klebte Eigelb und die Eierschalen lagen herum.

Die Frau zuckte mit den Achseln, lief leichtfüßig ins Wohnzimmer. Vor der Stereoanlage blieb sie abrupt stehen. Sie wusste nicht weiter, griff nach einer CD und warf sie schließlich wütend auf den Teppichboden.

»Frau Wissler, ich hole Ihnen mal was zum Anziehen. Dann legen wir Musik auf.«

Mit dem CD-Spieler kam sie längst nicht mehr zurecht. Im Flur lagen die Scherben einer ziemlich teuren Bodenvase. Sie rannte in die Küche, holte das Kehrblech, fegte rasch auf, bevor diese Irre mit ihren nackten Füßen in die Scherben trat.

Im Schlafzimmer stank es widerlich. Frau Wissler hatte sich in einer Zimmerecke erleichtert, auch die Wand war kotverschmiert. Am liebsten wäre sie davongerannt. Sie fluchte vor sich hin, holte Küchenpapier und wischte angeekelt die Schweinerei vom Boden.

»Dafür werde ich nicht bezahlt!«

Während sie ihre Hände im Bad schrubbte, atmete sie mehrmals tief ein und aus, um den Brechreiz loszuwerden. Sie suchte eine frische Unterhose, Strümpfe und Jeans aus dem Durcheinander vor dem Schrank heraus, fand auch die Hausschuhe unter der Bettdecke und ging zurück ins Wohnzimmer.

»Ich habe Hunger.«

Frau Wissler stand mitten im Zimmer und sah sie böse an.

»Ich mache uns ein Omelett, was halten Sie davon? Und inzwischen können Sie sich anziehen.«

Sie drückte ihr die Sachen in die Hand und ging zur Stereoanlage. Sie baute auf Dusty Springfield. Kaum waren die ersten Takte zu hören, wiegte sich Frau Wissler zur Musik und lächelte entspannt.

Als sie mit den Tellern zurück ins Zimmer kam, war Ingrid Wissler tatsächlich angezogen. Sie sang mit ihrer schönen Stimme *You don't own me*, jede einzelne Strophe. Sie lächelte ganz charmant, kam mit vorgestreckten Armen auf sie zu, umfasste sie an der Taille und begann zu tanzen. Sie konnte gut führen, aber gleich wären die Omeletts hart und kalt. Widerwillig wiegte sie sich kurz mit ihr im Takt, befreite sich dann entschieden aus den kräftigen Armen dieser Irren.

»Gleich tanzen wir weiter, jetzt essen wir erstmal.«

Es funktionierte, sie aßen am Wohnzimmertisch die Omeletts. Trotz des Chaos in der Küche waren noch genügend Eier im Kühlschrank gewesen. Frau Wissler stopfte das Essen in sich hinein und stand schon wieder auf. So aufgedreht, wie sie sich durch die Wohnung bewegte, war klar, dass sie keinen Mittagsschlaf halten würde. Dabei hätte sie ihn gebrauchen können. Sie fühlte sich völlig gerädert. Während sie das Geschirr in die Spülmaschine räumte, hörte sie, wie die Wohnungstür geöffnet wurde. Sie rannte in den Flur. Mit raschen Schritten und in Hausschuhen sah sie Frau Wissler die Treppe hinuntereilen.

»Warten Sie! Frau Wissler, Ingrid! Sie haben keine Schuhe an.«

Sie schnappte Jacke und Schlüssel und stürzte hinter ihr her. Auf der Straße versuchte sie, sich bei ihr einzuhängen, aber Frau Wissler zog ihren Arm weg.

»Lass mich«, blaffte sie wütend, stapfte in Richtung Rhein los.

Sie versuchte, Schritt zu halten, mit ihr zu plaudern, aber diese Frau behandelte sie wie Luft. Die Fußgängerampel an der Rheinuferstraße zeigte Rot, es herrschte der übliche Verkehr. Panisch vor Angst griff sie fest nach Ingrids Oberarm, als diese nicht stehen blieb.

Auf deren wütende Reaktion war sie nicht gefasst. Wie eine geübte Kampfsportlerin winkelte sie die Unterarme an, wirbelte herum, befreite sich aus dem Griff, trat ihr so fest gegen das Schienbein, dass ihr die Tränen in die Augen schossen.

Ingrid Wissler lief auf die Straße. Dem ersten PKW gelang es zu bremsen, der Lieferwagen auf der Spur dahinter erwischte sie. Sie flog durch die Luft und blieb regungslos auf dem Asphalt liegen.

Sie kann sich nicht erinnern, wer den Krankenwagen gerufen hat. Sie nannte den Sanitätern den Namen der Verletzten, ging zurück in die Wohnung, machte Ordnung, schloss ab und rief ihre Chefin auf dem Handy an. Sie musste auf die Mailbox sprechen. Dann ging sie nach Hause und war erleichtert, dass sie diesen Extrajob los war. Ingrid Wissler würde erstmal einige Zeit im Krankenhaus verbringen und höchstwahrscheinlich kaum in ihre Wohnung zurückkehren. Da ist sie sich sicher.

7

Auf dem Weg ins Wohnbereichsbüro kommen ihr Herr und Frau Kampmann auf dem Flur entgegen. Sie sind beide Mitte achtzig. Man sieht ihrer Kleidung an, dass sie mal teuer war, aber inzwischen wirkt sie abgenutzt und mangels sachgemäßer Reinigung leicht schäbig. Sie kann dem Paar die großkotzige Herkunft ansehen, sie haben so eine Art, sich zu bewegen und einen irgendwie arrogant und überheblich anzusehen. Solange sie nicht streiten. Aber gerade herrscht keinerlei Einvernehmen zwischen den Ehepartnern. Frau Kampmann ist wütend und völlig von der Rolle.

Verdammt nochmal. Müssen die mir ausgerechnet jetzt über den Weg laufen?

Mit hochrotem, verweintem Gesicht – Speichel und Rotz tropfen von ihrem Kinn – schiebt sie weinend und schreiend ihren Rollator. Er hält mit festem Griff ihren Oberarm gepackt, als müsse er sie führen.

»Lass mich in Ruhe! Fass mich nicht an!«

Sie versucht, sich aus seinem Griff zu befreien, schreit.

»Ich kann nicht mehr! Lass mich in Ruhe! Fass mich nicht an!«

Er antwortet mit betont kräftiger Stimme, damit es auch alle mitkriegen: »Keiner tut hier etwas für dich. Hier wirst du nur im Stich gelassen!« Dabei schaut er um sich, um festzustellen, ob seine Anklagen auch gehört werden.

Ganz schön raffiniert, der Typ. Sie will ihn nicht um sich haben, aber er tut so, als hätte ihre Wut nichts mit ihm zu tun.

Als sie auf gleicher Höhe sind, schnauzt er sie an:

»Sie arbeiten doch hier. Tun Sie gefälligst etwas für meine Frau! Das ist Ihre Pflicht. Sehen Sie nicht, wie schlecht es ihr geht? Ich werde mich beschweren.«

Irene Drechsler schluckt ihre Wut hinunter, holt ein Tuch, wischt Frau Kampmann so sanft wie möglich das Gesicht trocken. Nicht, dass sie noch lauter schreit und er behaupten kann, sie hätte seine Frau grob behandelt.

Frau Kampmann war Frauenärztin, wohnt seit drei Wochen im Haus. Wegen ihrer Demenz konnte ihr Mann sie nicht mehr allein versorgen. Er war Jurist, kommt täglich gegen Mittag und bleibt bis zum Abendessen. Vermutlich weiß er nicht, was er allein zu Hause machen soll. Seinem Benehmen nach ist es ganz offensichtlich, dass er gewohnt ist zu kommandieren. Jetzt lässt er seine Verlassenheitsgefühle und seine hilflose Wut am Personal aus. Es ist schon ein Gespräch mit der Heimleitung geplant, so kann es nicht weitergehen. Er kann nicht den gesamten Tag hier verbringen und stänkern – zumal Frau Kampmann ohne ihn viel entspannter ist. Vielleicht müssen auch die Söhne eingeschaltet werden.

Dieser arrogante Arsch macht uns die Arbeit zur Hölle!

Sie muss noch rasch ihre Pflegetätigkeiten dokumentieren, dann hat sie Dienstschluss.

Gleich hole ich mir bei Merzenich ein Stück Bienenstich zum Kaffee. Aber als Erstes werde ich mir ein schönes Bad einlassen, meinen armen Muskeln was Gutes tun.

Als sie am Büro der Wohnbereichsleiterin vorbeikommt, registriert sie eine elegant gekleidete junge Frau, die mit dem Rücken zur Glastür am Schreibtisch der WBL sitzt. Mit der rechten Hand scheint sie sich fast am Tisch abzustützen.

Die sitzt da wie ein Häufchen Elend. Sieht aus wie Sophie. Schwester Helene. Gibt's das? Das ist sie! Was macht die denn hier?

Sie überlegt kurz, dann öffnet sie beherzt die Tür und betritt das Büro.

»Michaela, der Herr Kampmann ...«

»Irene, das passt jetzt grad nicht. Es geht um einen Neueinzug. Das Zimmer von Frau ... also Zimmer 104 ist doch freigeworden. Später.«

Irene Drechsler schaut der jungen Frau direkt ins Gesicht. Das ist sie. Blass und übermüdet, aber eindeutig Sophie van Haaren.

So ernst und ungeschminkt, wie sie aus der Wäsche guckt, ähnelt sie noch mehr Nathalies ehemaliger Schulfreundin. Diesen Blick kenne ich, den hat die früher auch immer draufgehabt. Irgendwie beleidigt.

Sie zwingt sich zu einem unbefangenen Ton.

»Entschuldige. Ist nicht so wichtig. Ich bin dann gleich weg.«

»Gut, schönen Feierabend, Irene.«

Sie verlässt das Büro. Beinahe wäre sie über ihre eigenen Füße gestolpert.

Aber die hat eine ganz andere Nase.

Allein der Gedanke, dass ihre Lieblingsschauspielerin, ihre Schwester Helene, das Nachbarsgör sein könnte, verdirbt ihr jede Feierabendstimmung.

Das fehlt mir grade noch, dass dieses heulende Elend meine Schwester Helene spielt und am Ende noch ihre Eltern hier unterbringt. Die konnte ich früher schon nicht ab. Aber das kann nicht sein. Die Wisslers waren doch kaum älter als ich. Vielleicht ist sie es auch nicht.

8

Lea lässt sich mit einem leisen Jammerlaut aufs Sofa fallen. So erschöpft hat sie sich in ihrem ganzen Leben noch nicht gefühlt. Oder?

Kurz geistert ihr durch den Kopf, dass sie damals vor Müdigkeit fast am Abendbrottisch eingeschlafen ist und ihre Mutter sie am nächsten Morgen kaum wach gekriegt hat. Damals, in der Siedlung.

Die letzten Tage waren unfassbar anstrengend gewesen. Erst die zäh und chaotisch verlaufenden Dreharbeiten in München, dieser widerliche Kollege mit seinem fiesen Mundgeruch, der jeden Abend versuchte, sie in die Hotelbar einzuladen. Dann der Anruf von Frau Roth mit der Hiobsbotschaft. Die arme Frau hat erstmal einen Schock. Da läuft die Frau, bei der sie eigentlich nur saubermachen soll, vor ein Auto, fliegt durch die Luft und bleibt schwerverletzt auf dem Asphalt liegen. Vielleicht sollte sie ihr ein Wochenende in einem netten Hotel spendieren.

Gut, dass ihre Mutter vorläufig noch im Krankenhaus liegt. Sie haben ihr ein künstliches Hüftgelenk verpasst, ihr Ellbogen musste mit einer Metallplatte und Nägeln versorgt werden. Die Rippenprellungen, die Blutergüsse werden auch ihre Zeit brauchen.

Sie hat Glück gehabt, sie wird wieder auf die Beine kommen.

Ein bitteres Auflachen verhallt im karg möblierten Wohnzimmer.

Oder hat sie eher Pech gehabt? Und ich gleich mit.

Sie bemerkt, dass sie mal wieder an der Nagelhaut knibbelt und hält ihre rechte Hand mit der linken fest. Zeitweise hat sie das so heftig betrieben, dass sie mit üblen Entzündungen zum Arzt musste. Es gelingt ihr nicht, dieses zwanghafte Knibbeln dauerhaft abzustellen. Sie hasst sich selbst dafür. Und eine eklige Infektion an Fingerkuppen und Nagelbett während der Drehs kann sie sich nicht leisten. Schwester Helene mit einem dicken Verband an der Hand? Nicht völlig unmöglich. Sie könnte sich an einer Kanüle verletzt und infiziert haben. Und eine Woche später klappt sie zusammen und wird mit einer lebensgefährlichen Sepsis auf die Intensivstation gelegt.

Wäre eine gute Story, um mich aus der Serie zu schreiben.

Sie seufzt tief, ist froh, endlich wieder in vertrauter Umgebung zu sein. Ihr Blick bleibt an einem bildschönen Zinnienstrauß auf dem Esstisch hängen.

Diese unglaublichen Farben! Ich liebe Zinnien. Gute alte Frau Roth. Bestimmt hat sie auch ein paar Köstlichkeiten im Kühlschrank deponiert. Ein Cognac wäre jetzt auch nicht verkehrt.

Heute früh hat sie ihre Mutter im Krankenhaus besucht. Sie war kaum ansprechbar, hat mit leerem Blick durch sie hindurch geguckt. Das war erschreckend, machte es aber irgendwie leichter.

Das Personal war nicht sonderlich nett, vermutlich macht ihre Mutter den Schwestern und Pflegern das

Leben zur Hölle. Das war das echte Leben, keine Seifenoper. Gut, dass sie nach der Entlassung aus dem Krankenhaus direkt in dieses Heim ziehen wird. Sogar in ein Einzelzimmer mit Balkon und Domblick. Vitamin B hat geholfen. Natürlich hat das Heim eine Warteliste. Das Zimmer muss noch renoviert werden, die bisherige Bewohnerin ist erst vor drei Tagen gestorben.

Ich muss ihre Wohnung kündigen und den Haushalt auflösen. Es gibt kein Zurück. Am besten suche ich mit Frau Roth zusammen ein paar Möbelstücke und Bilder aus. Ihre Fotoalben. Und packe an Kleidung zusammen, was sie noch tragen kann. Verdammte Scheiße. Alles bleibt an mir hängen. Warum habe ich keine Geschwister? Und Papa wohnt mit seiner neuen Frau im Allgäu. Hat mit allem nichts mehr zu tun. Es wäre schön, wenn Onkel Michael noch hier wäre. Wie lange lebt er jetzt schon in Portugal? Er und Mama haben sich nie verstanden, hatten seit Jahren keinerlei Kontakt mehr. Bis auf den Überraschungsbesuch vor Kurzem, als er sofort wieder vor seiner Schwester geflohen ist. Er fehlt mir. Ich sollte ihm Bescheid geben.

Seit Jahren trifft sie ihre Mutter nur ab und an in einem Restaurant. Sie kommt nicht damit klar, dass ihre Tochter nun mal Frauen liebt, und Lea kann ihr nicht verzeihen, dass sie damals nie etwas unternommen hat, um Nathalie zu helfen. Sie hätte wissen müssen, was zu tun ist.

Beim letzten Treffen, das war ungefähr zwei Monate her, erschreckte sie bereits das unangemessene Benehmen ihrer Mutter in diesem österreichischen

Lokal. Sie hatte den Kellner ständig in anzügliche Gespräche verwickeln wollen, benahm sich wie ein verliebter Teenager, lächelte den jungen Mann mit schräg gelegtem Kopf und klimpernden Wimpern an, schäkerte geradezu mit ihm.

Wie eine Schmierenkomödiantin, hatte sie damals gedacht und sich in Grund und Boden geschämt.

Als das Wiener Schnitzel kam, behauptete ihre Mutter, das habe sie nicht bestellt. Und dann betrachtete sie Messer und Gabel, als hätte sie noch nie Besteck benutzt. Im Nachhinein wurde ihr klar, dass ihre Mutter dabei war, ihre Persönlichkeit zu verlieren. Sie hatte es nicht wahrhaben wollen, um sich nicht verantwortlich fühlen zu müssen.

Und jetzt habe ich den ganzen Schlamassel am Hals! Wohnungsauflösung, Vollmachten beantragen, den Umzug ins Heim organisieren. Wenigstens kann sie sich nicht wehren. Wie gut, dass Frau Roth die Wohnung tipptopp geputzt hat. Das hätte sie nicht machen müssen. Aber froh bin ich trotzdem darüber. Und während ich zwei Wochen in München gedreht habe, hat sich die Situation hier nun endgültig geklärt.

Sie seufzt. Neuerdings schläft sie schlecht. Die Albträume, die sie jetzt quälen, in denen ein Mann eine Treppe runterstürzt und, offensichtlich tot, mit verrenkten Gliedern in einer Blutlache liegen bleibt, haben vor zwei Wochen begonnen. Sie wacht schweißgebadet, zu Tode erschrocken auf, muss aufstehen, um sich zu beruhigen. Das Vibrieren in ihrem Brustkorb hält manchmal Stunden an.

Damals dachte sie nur an Nathalie. Schon nach ein

paar Tagen glaubte sie beinahe selbst an einen Unfall. Natürlich hat die Polizei die Sache untersucht, aber es gab nie einen Zweifel daran, dass Nathalies Vater betrunken die Treppe runtergestürzt ist. Immer mal wieder war da das Bedürfnis, ihre Tat jemandem zu offenbaren. Aber wem? Sie hätte eine andere Person mit hineingezogen und diese in Gewissenskonflikte gebracht. Sie befürchtete, angezeigt zu werden, im Jugendarrest oder in einem Heim zu landen. Bisher hat sie nie an eine Selbstanzeige gedacht, hat sich auch nie bei einer Juristin erkundigt, ob und welche Strafe sie nach über fünfundzwanzig Jahren zu erwarten hätte.

Ich war eine Jugendliche und würde auch heute nach dem Jugendrecht verurteilt werden.

Wollte sie damals, dass er sich zu Tode stürzt? Sie kann sich nicht mehr erinnern, was sie genau dachte. Sie wollte, dass er Nathalie in Ruhe lässt. Vielleicht dachte sie eher daran, dass er für immer im Rollstuhl landen würde.

Du sollst nicht töten.

Das fünfte Gebot. Sie ist nicht religiös, aber natürlich kennt sie die Gebote der Kirche, die Grundlagen der christlichen Ethik. Sie ist evangelisch getauft, aber vor Ewigkeiten aus der Kirche ausgetreten. Der Glauben an das Jenseits, die Dreifaltigkeit, das geht ihr völlig ab. Jesus als einen Menschen zu verehren, der für Gleichheit und Gerechtigkeit kämpfte, das kann sie akzeptieren, aber den ganzen Wust von Überbau? Das ewige Leben? Hoffentlich nicht.

Das heißt ja nicht, dass ich keine Moral, keine ethischen Grundsätze habe.

Selbstjustiz ist ihr jetzt, als erwachsene Person, total zuwider.

Einmal schrieb sie ein Geständnis, schilderte ihre Beweggründe, die Planung, die Ausführung, und verbrannte den Zettel in der Küchenspüle.

Es war ein Ritual der Entlastung, das in einer Zeitschrift empfohlen wurde, um negative Erinnerungen loszuwerden. Hat ziemlich lange funktioniert. Sie hat den Freundschaftsdienst, wie sie es nennt, jahrelang psychisch ziemlich gut verkraftet. Skrupel, Schuldgefühle – kaum eine Spur davon. Die Sache war irgendwo sicher in ihrem Gehirn verstaut, nur ab und zu kam sie hoch, um dann wieder zu verschwinden. Lange Jahre kam es ihr vor, als hätte sie die Angelegenheit nur irgendwo gehört.

Jetzt, nach so vielen Jahren, wundert sie sich, dass sie gestochen scharfe Bilder träumt von einem Vorfall, den sie nie gesehen hat. Als wäre der Sturz gefilmt worden und würde ihr jetzt Nacht für Nacht vorgeführt. Sie hat ihn damals nicht angeschaut, wie er da auf dem Absatz lag, als sie fluchtartig das Haus verließ.

Vielleicht habe ich tatsächlich mehr gesehen?

Werkzeug und Schnur hatte sie in eine undurchsichtige Tüte gesteckt und dabei so heftig gezittert, dass sie sich am Treppengeländer festhalten musste.

Natürlich lag Nathalies Vater nicht mehr im Treppenhaus, als sie am frühen Abend nach Hause kam.

Sie war lange im Eiscafé geblieben. Hatte sich mit den Mädels aus ihrer Klasse unterhalten. Über jeden Blödsinn mitgelacht. Und befürchtet, dass man ihr anmerkte, wie sie innerlich zitterte. Aber niemandem fiel irgendetwas an ihr auf.

Ihre Mutter war schon von der Arbeit zurück gewesen und hatte gemeckert, weil sie so spät kam und das Abendbrot nicht vorbereitet hatte. Sie konnte das kaum fassen. Noch bevor sie ihr ziemlich ungerührt von dem Unfall im Treppenhaus berichtete, dass Nathalies Vater schwer verletzt ins Krankenhaus transportiert worden war, motzte sie herum, weil der Abendbrottisch nicht gedeckt war. Sie hatte es auf der Straße von einer Frau aus dem Nachbarhaus erfahren. Nathalies schwer verletzter Vater war von einer Frau, die für die verreisten Nachbarn die Blumen goss, im Treppenhaus gefunden worden.

An die Tage danach erinnert sie sich nur verschwommen. Es stimmt schon, irgendwann glaubte sie fast selbst an einen Unfall. Ein stark betrunkener Mann war eine Treppe hinuntergestürzt. War im Krankenhaus seinen Verletzungen erlegen. Diese Sätze murmelte sie abends im Halbschlaf vor sich hin. Aber nachdem er gestorben war, bekam sie Fieberschübe, konnte nicht zum Unterricht gehen. Und wenn sie in ihrer Klasse saß, konnte sie sich kaum konzentrieren. Sie verwechselte Worte, stotterte.

»Was nimmt dich denn das so mit? Manchmal ist das Schicksal doch gerecht. Du konntest den Kerl doch sowieso nicht ausstehen!«, kommentierte ihre

Mutter ihre Verfassung. Und hatte keinen Schimmer, dass sie, Lea Wissler, Schicksal gespielt hatte.

Nie stand sie im Verdacht. Vermutlich auch keine andere Person. Bei Nathalie war sie sich nicht sicher, ob sie nicht etwas ahnte. Gesagt hat sie nie etwas. Überhaupt sprach sie nie über ihren Vater. Vorher nicht und nachher auch nicht.

Diese Pflegerin vorhin, die einfach so reinplatzte. Hat die nicht Ähnlichkeit mit Nathalies Mutter? Die hat doch früher alte Leute betreut. Sie hat mich so komisch von der Seite angeguckt. Könnte mich natürlich auch aus dem Fernsehen kennen. Hoffentlich habe ich mich getäuscht. Das fehlte mir gerade noch. Nach all den Jahren.

Lea schaut auf ihre Armbanduhr. Stöhnt. Schon fast halb sechs. Sie ist am Abend zu einer Geburtstagsparty eingeladen. Sie empfindet es eher als Arbeitstermin. Ein Fernsehregisseur, mit dem sie viel gearbeitet hat, wird fünfundsechzig. Ganz netter Typ. Sie hat eine Flasche Cognac, seine Lieblingsmarke, von Frau Roth besorgen lassen. Gerade ist ihr so gar nicht nach Party zumute. Am liebsten würde sie eine Tierdoku anschauen. Oder eine romantische Komödie. Mit einem Teller Spaghetti vor der Glotze sitzen und früh ins Bett gehen. Aber es half nichts: Sie musste sich auf der Party blicken lassen.

Vielleicht trudle ich erst gegen halb zehn ein? Das wird mit Sicherheit ein Riesenfest, da achtet in dem Trubel niemand auf späte Gäste. Dann könnte ich mich jetzt noch ein wenig hinlegen.

Sie beherrscht die Technik des Hundeschläfchens

perfekt. Hinlegen, Augen schließen, einschlafen. Sie sagt nur kurz: In 20 Minuten aufwachen! Und nach exakt 20 Minuten wacht sie erholt auf. Während dieser Zeit träumt sie nie, das ist ein Geschenk. Diese Fähigkeit hält sie auch an langen Drehtagen über Wasser.

Lea steht an eine Wand gelehnt in dem großen Wohnzimmer mit den riesigen, bodentiefen Fenstern zum Garten und nippt an ihrem zweiten Mojito. Träge beobachtet sie die Tanzenden. Der Gastgeber ist vorhin mit ausgestreckten Armen auf sie zugestürzt und hat sie wie einen Ehrengast begrüßt. Jetzt steht er umringt von Freunden mitten auf der Tanzfläche und stößt im Rhythmus die linke Faust in die Luft.

I can get no satisfaction. Meine Güte, die Stones. Diese verschrumpelten Machos.

Davor wurde ein Titel nach dem anderen von Tina Turner gespielt. Sicher hat sich der Hausherr diese Musik aus seiner Jugend gewünscht. Menschen um die sechzig und älter schlenkern mit den Armen, singen lautstark mit, werfen ihr Haar, so vorhanden, wild durch die Gegend.

Sie hat mit einigen Kollegen und Kolleginnen geplaudert, ein paar Tapas gegessen und überlegt, wie lange sie noch bleiben soll. Es ist viel zu laut, um sich zu unterhalten.

Sie mag den frischen Minzgeschmack ihres Cocktails und die angenehme alkoholisierende Wirkung,

die sich in ihr breitmacht. Sie fühlt sich, ja was, angeheitert?

*Komisches Wort. Angeheitert. Eine Heiterkeit, die durch
Alkohol ausgelöst wird.*

Sie nimmt einen größeren Schluck und beschließt,
dass es bei zwei Drinks bleiben soll. Ein Schwips
fühlt sich gut an, mehr braucht es nicht.

»Sophie van Haaren?«

Eine gut aussehende, sportlich wirkende Frau in
einer dunkelblauen Stoffhose mit schwarzer Bluse
steht auf einmal neben ihr. Das Gesicht hat Lea
schon mal gesehen, könnte eine Drehbuchautorin
sein. Römische Nase, hohe Stirn, blonder Kurzhaar-
schnitt, vermutlich gefärbt.

»Lea. SvH ist ein Pseudonym.«

Die Blonde kommt sehr nah an sie heran und
spricht mit forcierter Stimme in ihr Ohr.

»Ach, das wusste ich nicht. Lea ist auch schön. Ich
bin Saskia. Saskia Fischer. Kein Pseudonym. Drehbuchautorin. Möchten Sie noch einen Cocktail? Die
Musik ist ziemlich oldschool, oder? Haben Sie einen
Lieblingstitel?«

Die Autorin verzieht ironisch den Mund, dann
lächelt sie breit.

»Nein. Ja. Nie fällt mir, wenn es drauf ankommt,
ein Titel ein. Meine Antworten in der Reihenfolge
Ihrer Fragen.«

»Dann lassen Sie sich überraschen.«

Mit energievollen Schritten geht sie Richtung
DJane davon, beugt sich zu ihr hin und redet kurz

auf sie ein. Sie nickt. Sie kommt zurück. Lehnt sich dicht neben Lea an die Wand. Lächelt verschwörerisch.

Als die ersten Takte von Dean Martins *Sway* zu hören sind, zieht Saskia sie auf die Tanzfläche. Auch eine Menge anderer Gäste stürmen aus allen Ecken auf die mindestens 30 Quadratmeter große, mit Terracotta gefliese Tanzfläche vor den riesigen Fenstern.

»Drei Titel durfte ich wählen. Sagen Sie mir hinterher, ob ich gut gewählt habe.«

Die Frau schreit ihr regelrecht ins Ohr. Anders wäre sie aber auch kaum zu verstehen.

»Ist das nicht auch oldschool?«, ruft Lea zurück.

»Touché! Ja, aber mit Rhythmus, und der Titel hat sich prima gehalten.«

Sie greift nach Leas Hand, legt die andere Hand auf ihren Rücken und legt los. Schon nach den ersten Takten ist klar: Sie ist eine begnadete Tänzerin, übernimmt wie selbstverständlich die Führung. Lea überlässt sich ihr bereitwillig, wundert sich über sich selbst. Mit ihrer letzten Beziehung gab es immer so ein Hin- und Hergezerre, keine wollte sich führen lassen. Die zwei Mojitos haben sie entspannt.

Der nächste Titel ist Lea unbekannt, vermutlich ein aktueller Hit.

»Das ist *Makeba* von Jain. Eine Hommage an Miriam Makeba«, raunt Saskia ihr ins Ohr. Nicht schlecht, denkt Lea in dem kurzen Moment, bevor sie sich wieder herumwirbeln lässt.

Als die DJane dann *Despacito* auflegt, geht ein Aufschrei der Begeisterung durch den Raum. Die Stimmung ist plötzlich eine völlig andere. Hell, fröhlich, überschwänglich. Auch die älteren Gäste haben den Verlust weiterer Stones-Hits prima verkraftet.

Lea ist völlig außer Atem, als *Because the night* von Patti Smith anklingt. Offensichtlich der Wunsch einer Bekannten des Gastgebers, die sofort zu erkennen gibt, dass man ihr diesen Titel zu verdanken hat.

»Und? Jetzt doch noch einen Drink?«

Saskia schaut sie mit einem gespielten Dackelblick fragend an.

»Einen alkoholfreien Mojito würde ich noch nehmen. Die Musikauswahl war perfekt. In das ganze Fest ist plötzlich Leben gekommen. Toll. Danke.«

»Ich danke auch. Sie tanzen gut. Ich gehe dann mal zur Bar. Laufen Sie mir nicht weg!«

»Sollen wir uns nicht duzen?«

»Aber gerne. Ich bin gleich wieder da, Lea!«

Ein paar Minuten später kehrt Saskia mit Leas Cocktail, einem Glas Champagner und ein paar Häppchen zurück – alles auf einem kleinen Tablett balancierend. Lea nimmt ihren Cocktail und eine winzige Quiche.

Saskia weiß erst nicht, wohin mit dem Tablett, stellt es schließlich auf dem Boden ab und taucht mit ihrem Champagnerkelch wieder auf. Sie prosten sich zu und lehnen sich wieder dicht nebeneinander an die Wand. Schweigend beobachten sie die Gäste. Als Saskia ihr Glas in zwei Zügen geleert hat, die DJane gerade eine Tanzpause ankündigt, beugt sie sich zu Lea hin und flüstert ihr ins Ohr:

»Du hast morgen einen Dreh und musst früh raus. Deswegen kommst du heute sicher nicht mit zu mir. Aber ich hoffe auf ein andermal.«

Lea ist sofort alarmiert. Diese Frau überschreitet gerade ihre Grenzen. Sie spürt, wie sie rot wird und ist dankbar für die etwas schummrigen Lichtverhältnisse.

Woher weiß sie, dass ich morgen früh rausmuss? Verdammt gut informiert, die Dame. Außerdem ganz schön selbstbewusst. Und ich werde mal wieder rot.

»Aha. Bist du immer so dreist?«, kontert sie, verschlingt die Quiche in einem Bissen und stößt sich von der Wand ab.

»Na dann! Gute Nacht. Danke fürs Tanzen!«

Lea lächelt ihr unverbindlichstes Lächeln und lässt Saskia stehen. Diese Frau ist ziemlich attraktiv, aber eindeutig zu aufdringlich.

Sie stellt sich im Nebenraum noch kurz zu einer netten Maskenbildnerin, plaudert ein paar Takte mit ihr, bevor sie an der übervollen Garderobe nach ihrer Jacke sucht und die Party ohne weitere Verabschiedungen verlässt. Es war unterhaltsamer als gedacht, aber jetzt will sie nur noch ins Bett.

9

Als Irene Drechsler von der Übergabe kommt, sie hat heute die mittlere Schicht, geht sie an der offenen Küche vorbei, um zu sehen, ob der Kuchen für den Nachmittagskaffee schon bereitsteht. Natürlich ist der Kuchen für die Bewohner bestimmt, aber es bleibt oft etwas übrig. Einigen reicht auch ein halbes Stück.

Sie sieht, wie Irmi, die Alltagsassistentin, versucht, die neue Bewohnerin davon abzuhalten, mit dem Zeigefinger immer wieder über die Tortenstücke zu streichen und genüsslich die Cremeschicht der Donauwellen vom Finger abzulecken.

»Nein, nicht. Frau Wissler! Das ist doch unappetitlich.«

Scheiße nochmal! Die Wissler natürlich! Ich bin noch nicht richtig im Dienst und hab jetzt schon den Kaffee auf!

Vorhin hat ihr nerviger Kollege Volker im Übergaberaum seine Bewohnerakten lautstark auf den Tisch knallen lassen und dann mit seinem blöden Grinsen gemeint: »Ich wollte euch bloß wecken!«. Sie war zusammengezuckt, hätte ihm am liebsten eine runtergehauen. Dieser blöde Schnösel. Brauchte ständig Aufmerksamkeit. Die anderen hatten zum Teil gelacht. Nur sie hatte gereizt geantwortet: »Ganz herzlichen Dank, aber niemand schläft hier.«

Als gäbe es nicht genug Lärm hier im Wohnbereich. Irgendjemand schrie immer, dann das ewige

Geschirrgeklapper beim Ein- und Ausräumen der Spülmaschine. Mineralwasserkisten wurden gebracht, Leergut abgeholt, Wäschestangen knallten gegen Türen, der Hausmeister hantierte mit der Bohrmaschine herum, Kolleginnen riefen sich über die Radiomusik hinweg auf dem Flur Infos zu, was immer mal wieder zu Ärger mit der Chefin führte, weil die meist nicht für alle Ohren bestimmt waren. Natürlich musste man nicht lautstark die Verdauungsvorgänge einer Bewohnerin in die Gegend posaunen. Und dazu noch das nervtötende Gepiepe der rückwärts aus dem Aufzug fahrenden E-Rollstühle.

Alles wegen der Sicherheit. Schwachsinn. Wenn die Bewohner dann auch noch vorwärts und rückwärts rangieren, würde ich am liebsten die ganze Elektronik kaputtschlagen.

In letzter Zeit empfindet sie ihre Arbeit als einen einzigen Angriff auf ihr Nervenkostüm und geht täglich mit Kopfdruck nach Hause.

Und dann noch der Anschiss der WBL wegen des Ohrenarzttermins gestern. Gott sei Dank war sie nicht dabei gewesen. Das hatten sie doch immer so gemacht! Aber eine Verwandte von Frau Schmitt war beim Kaffeetrinken zu Besuch gewesen, hatte den Ohrenarzt und seine MFA angemacht und sich sofort angewidert bei der Heimleitung beschwert. Bisher war es für alle Beteiligten so am einfachsten gewesen: Bewohnerinnen und Bewohner, außer den Bettlägerigen, sitzen beim Nachmittagskaffee in der Hausgemeinschaft. Der Ohrenarzt geht von einer zur anderen und schaut in die Ohren. Die Assistentin steht parat, reicht die Pinzette und hält eine Plastiktüte, in der die Kleenex-Tücher mit dem Ohrenschmalz landen.

Ab sofort müssen alle Bewohner nacheinander in einen separaten Raum gebracht werden, in dem der Arzt und seine Begleitung dann hantieren. Wegen der Würde der Bewohner, die laut der Hausstatuten über allem steht. Wieder mehr Aufwand für die Pflegekräfte.

Als hätten wir nicht genug zu tun!

Frau Wissler lässt sich nicht bremsen. Die Donauwellen sehen schon aus wie eine Kraterlandschaft. Irmi schaut hilflos zu Irene.

Die Irmi, die ist doch hier völlig überfordert.

Irene geht auf Frau Wissler zu, versucht sie abzulenken, indem sie deren Jacke bewundert. Fehlanzeige, die neue Bewohnerin hat nur Augen für die Torte.

Schicke Fleecejacke trägt die Wissler da. Die war früher schon immer gut angezogen. Damals in der Siedlung. Nicht so ein Billigzeug von KiK, bestimmt aus einem Ökoladen. Tolles Grün!

Irene riecht die talgige Kopfhaut der Bewohnerin. Sie lässt sich die Haare partout nicht waschen, will zu einem Friseur in der Stadt. Auch ein Hauch Urin wabert durch die schmale Küchenzeile, durch deren Glasfenster man die Esstische der Bewohner im Blick hat. Sie nimmt einen neuen Anlauf.

»Kommen Sie doch mal mit, Frau Wissler. Wegen

der Bilder in Ihrem Zimmer. Der Hausmeister will wissen, wo die hängen sollen. Es gibt doch gleich Kaffee und Kuchen. Dann bekommen Sie ein schönes Stück Donauwelle.«

Ob die sich noch in klaren Momenten erinnert, dass wir mal Nachbarinnen waren? Na ja, wohl kaum, so wie die drauf ist.

Sie greift nach Frau Wisslers Arm und hindert diese an einem erneuten Angriff auf die wenigen noch unversehrten Kuchenstücke. Frau Wissler fährt herum, greift nach einem herumliegenden Brotmesser und bedroht Irene mit vor Wut schwarz blitzenden Augen.

»Verpiss dich!«, schreit Frau Wissler. Irene macht einen Satz zurück. Am liebsten würde sie der Frau den Hals umdrehen. Dann lässt Frau Wissler das Messer auf den Boden fallen und lacht. Irmi stürzt sich sofort darauf und wirft es in eine Schublade.

Die gehört doch nicht hierher. Die ist doch gemeingefährlich. Die braucht entweder andere Medikamente oder muss in eine geschlossene Abteilung.

Irene rennt zum Büro der Wohnbereichsleitung und meldet Michaela die Attacke. Anschließend lässt sie sich im Aufenthaltsraum auf einen Stuhl fallen und vergräbt ihr Gesicht in den Händen. Sie muss den Angriff gleich in der Akte dokumentieren. Ihr Herz schlägt wie verrückt.

Ich hasse den ganzen Laden! Fast nur noch Demente. Keine Minute Ruhe.

Sie schaut auf die Uhr. Seit Dienstbeginn ist noch

keine Stunde vergangen. Ihr Pager piepst. Sie schaut auf das Gerät an ihrem Gürtel.

Frau Erhard, Zimmer 112.

Die kann doch gar nicht selbst klingeln.

Irene stemmt sich hoch, stöhnt.

Mein Rücken macht das nicht mehr lange mit. Wenn ich was sage, dann heißt es: Mach doch mal die Rückenschule mit oder geh zu Kieser.

Frau Erhard sitzt den ganzen Tag im Rollstuhl. Einen Mittagsschlaf auf dem Bett verweigert sie, was Irene nicht unlieb ist, denn sie wiegt 95 Kilo. Da müsste sie eine Kollegin dazu holen. Die Erhard starrt den lieben langen Tag stumm vor sich hin. Aber wehe, es nähert sich jemand den Grünpflanzen auf der Fensterbank, dann keift sie:

»Pfoten weg. Das sind meine Pflanzen. Die habe ich von meinem Geld gekauft! Das wäre ja noch schöner!«

Man kann die Topfpflanzen nur gießen, wenn Frau Erhard nicht im Zimmer ist.

Ihre Zimmernachbarin hat Besuch. Die junge Frau schaut mit unsicherem Blick zu Irene hin.

»Ich habe für Frau Erhard geklingelt. Sie muss dringend zur Toilette!«

»Frau Erhard war vor 15 Minuten auf Toilette und trägt außerdem eine Vorlage.«

Ich sollte nicht so patzig antworten, sonst beschwert die sich noch.

Irene Drechsler wendet sich mit betont freundlicher Stimme Frau Erhard zu.

»Nicht wahr, Frau Erhard. Sie waren gerade auf Toilette.«

Die angesprochene Bewohnerin schaut wütend den Schrank an.

»Trotzdem danke, dass Sie geklingelt haben. Schönen Nachmittag.«

Auf dem Weg ins Dienstzimmer sieht sie Lea Wissler aus dem Aufzug kommen. Über die sie unvermittelt anfallende Verlegenheit geht sie brüsk hinweg. Sie atmet durch und geht direkt auf sie zu.

»Oh, wo ich sie sehe. Ich bin für ihre Mutter zuständig. Schwester Irene. Sie hat mich vorhin mit einem Messer angegriffen. Die Wohnbereichsleiterin möchte Sie deswegen sprechen. Und ihre Mutter lässt sich nicht die Haare waschen.«

Ob sie sich an mich erinnert? Erschöpft sieht sie aus. Und viel magerer als im Fernsehen. Warum habe ich Schwester Irene gesagt? Total bescheuert.

Lea Wissler seufzt hörbar.

»Ich wollte sie eigentlich abholen, um zum Friseur um die Ecke zu gehen. Jetzt das noch. Tut mir leid. Ich gehe gleich zur Leitung ins Büro.«

Sie fährt sich durch die Haare und kratzt sich gedankenverloren mit der rechten Hand hinter dem Ohr.

Als Schwester Helene hat sie alles im Griff. Das hier ist nicht so ihre Sache.

Irene Drechsler spürt den kurzen Impuls, ihre Lieblingsschauspielerin in den Arm zu nehmen, ruft sich sofort zur Räson. Sie nickt ihr knapp zu und geht in Richtung des Dienstzimmers davon.

Was war das denn? Bin ich denn bekloppt?

Seitdem sie weiß, dass es sich bei Sophie van Haaren um Lea Wissler handelt, ist Schluss mit der Bewunderung. Die Lücke, die der verflogene Zauber hinterlassen hat, füllte sich von jetzt auf gleich mit purer Verärgerung, wenn es nicht sogar eher Wut war.

Nach all der Zeit habe ich Mutter und Tochter Wissler an den Hacken. Und diese blöde Lea erkennt mich anscheinend nicht.

10

Als Lea aufwacht, nimmt sie als Erstes einen vagen Kaffeeduft wahr, dann intimere Gerüche an sich selbst. Sie reibt sich die Augen und beginnt zu rekapitulieren.

Sie ist gestern Abend mit Saskia zum Essen ausgegangen. Seit ihrem Zusammentreffen auf der Party neulich hatte sie nicht locker gelassen. Ziel war ein neu eröffneter und bereits sehr angesagter Thai-Schuppen. Danach ließ sie sich auf einen Absacker zu ihr nach Hause einladen. Der Gedanke, allein zu Hause über die Vorkommnisse im Heim vor sich hin zu brüten, hatte den Ausschlag gegeben. Außerdem war Saskia durchaus unterhaltsam.

Sie haben eine Flasche Crémant geleert, Musik gehört. Offensichtlich blieb es nicht beim Absacker, sie liegt in Saskias Bett.

Viel ist bei ihr nicht hängen geblieben. Kein Wunder. Außer, dass sie den Eindruck hat, dass Saskia den gesamten Abend zwar sehr charmant, aber äußerst zielstrebig vorgegangen ist. Saskias Ziel war, sie ins Bett zu kriegen. Mission accomplished!

Und jetzt ist schon fast Mittag. Die Sonne scheint durch die leichte Leinengardine direkt aufs Bett. Vermutlich ist sie dadurch aufgewacht.

Das leichte Hämmern hinter den Schläfen kennt sie schon. Es begleitet sie in letzter Zeit häufig den ganzen Tag. Als sie sich etwas aufrichtet, zucken

Blitze am linken Augenrand. Sie stöhnt auf, ist froh, dass sie heute keinen Termin hat.

Warum habe ich mich darauf eingelassen? Als hätte ich nicht genug mit meiner Mutter an der Backe.

Sie muss ständig an dieses Zusammentreffen im Heim denken.

Gott, das war erst gestern Mittag gewesen. Diese Schwester Irene. Eindeutig Nathalies Mutter. Am besten lasse ich mir gar nicht anmerken, dass ich mich nur zu gut an sie erinnere. Ausgerechnet diese Frau muss dort arbeiten!

Während sie erneut versucht, sich aufzurichten, kommt Saskia in einem cremefarbenen Hausanzug, offensichtlich längst geduscht, beladen mit einem Frühstückstablett, ins Schlafzimmer.

»Guten Morgen, du schöne Frau! Komm, lass mich das machen.«

Sie stellt das Tablett auf eine Kommode und eilt auf das Bett zu. Noch während sie Lea einen Kuss auf die Wange haucht, schiebt sie einen Arm unter deren Oberkörper, richtet das Kopfkissen, zieht das zweite Kissen heran und lässt Lea sanft auf den Kissenberg zurückgleiten.

Sie könnte sofort als Pflegerin im Heim anfangen.

»Ich habe dir auch gleich zwei Aspirin mitgebracht.«

Saskia geht zur Kommode, hebt das voll beladene Tablett an und platziert es neben Lea auf dem Bett. Aufgeschnittenes Obst, Brötchen, Schokocroissants, Mineralwasser, etwas Schinken, Käse, zwei Sorten Marmelade, Schokolade. Lea kann es kaum fassen.

Noch nie ist sie nach einer sogenannten Liebesnacht dermaßen verwöhnt worden.

»Tee oder Kaffee?«

»Gerne Kaffee. Schwarz. Bist du schon lange auf?«

Lea fühlt sich leicht überrumpelt von dieser Fürsorglichkeit, beschließt aber, jetzt das Frühstück zu genießen, bevor sie sich nach Hause aufmacht.

»Ja, ich bin schon seit zwei Stunden auf. Habe sogar schon gearbeitet. Ich dachte, dass du den Schönheitsschlaf gebrauchen kannst. Wo du ja heute auch keinen Termin hast! Kaffee kommt sofort.«

Sie wirft Lea eine Kusshand zu, verbeugt sich leicht, als spielten sie Downton Abbey und Lea wäre Lady Mary, und verschwindet im Flur. Lea beißt in eines der Körnerbrötchen und schiebt ein Stück Camembert hinterher. Hat sie ihr erzählt, dass sie heute freihat? Vermutlich.

Da ist sie schon wieder. Mit einer roséfarbenen französischen Kaffeeschale.

»Meine Gnädige, ihr Kaffee!«

»Danke. Riecht toll.«

Saskia streicht Lea sanft über das Gesicht, voller Aufmerksamkeit, sehr wach.

»Was hältst du von einem Ausflug an die Ahr oder in die Eifel? Wir könnten uns ein wenig auslüften und dann in Dernau einkehren.«

»Wo nimmst du die Energie her? Bist du nicht müde?«

Lea trinkt den ausgezeichneten Kaffee in kleinen

Schlucken, isst ein paar Heidelbeeren und stöhnt leise.

Ich wäre jetzt gerne mit diesem Frühstück alleine zu Hause. Was ich gerade gar nicht gebrauchen kann, ist ein Programmplan für meinen freien Tag.

»Ich brauche nicht viel Schlaf. Und ich ernähre mich sehr bewusst, treibe viel Sport.«

Saskia zögert kurz.

»Mit dem Alkohol übertreibe ich es etwas. Vor allem, wenn ich mich verliebe.«

Och nee. Bitte nicht.

Da ist es wieder, dieses unglaubliche Glitzern in ihren Augen, registriert Lea, nimmt rasch einen weiteren Schluck Kaffee und spürt, dass sie dieser Blick nicht kaltlässt.

Das ist wohl ein deutlicher Wink mit dem Zaunpfahl. Ja, du bist attraktiv, nur jetzt muss ich erstmal nach Hause.

Saskia greift sich ein Stück Apfel und setzt sich an den Fußteil des Bettes.

»Hat es dir die Stimme verschlagen? Was sagst du zu meinem Vorschlag? Aber vielleicht willst du erstmal duschen?«

Sie lässt eine Hand unter die Bettdecke wandern, streift an der linken Wade Leas entlang nach oben, lässt sie nicht aus den Augen. Langsam gleitet ihre warme Hand am Oberschenkel nach innen.

Ich muss hier weg.

Lea schlägt die Decke zurück. Nur keine Intimitäten jetzt.

»Duschen hört sich gut an. Aber dann muss ich

nach Hause. Ich muss mich um die Wohnung meiner Mutter kümmern. Später bin ich verabredet.«

Es ist, als würde ein dunkler Schatten über Saskias Gesicht ziehen. Sie nimmt die Hand zurück. Doch sofort lächelt sie wieder.

»Kannst du deine Verabredung nicht absagen? Ich fände es wunderschön, nach dieser Nacht auch den Tag mit dir zu verbringen. Du hast mich völlig verzaubert. Du müsstest dich nur fallen lassen. Wenigstens für heute!«

Lea verzieht spielerisch das Gesicht. Zieht eine Schnute. Ja, fallen lassen hört sich gut an, geht es ihr durch den Kopf. Sie könnte es gebrauchen, den ganzen Tag verwöhnt zu werden. Sie stöhnt leicht übertrieben.

»Ja, es wäre wirklich schön, den Tag miteinander zu verbringen, aber das geht heute auf keinen Fall. Sei nicht enttäuscht, bitte! Aber ich muss die Papiere meiner Mutter ordnen, das ist ein einziges Chaos in den Schubladen. Sie hat schon lange keine Rechnungen mehr bezahlt. Vor einem Jahr noch hat sie ständig Klamotten bestellt, die Kartons liegen zum Teil ungeöffnet im Kleiderschrank. Du kannst dir das Durcheinander nicht vorstellen. Frau Roth, die Gute, wird mir helfen. Ich bin so froh, dass sie mir die Treue hält. Und am frühen Abend kommt eine alte Freundin zu mir zu Besuch. Sie ist auf der Durchreise.«

»Ich könnte dir helfen.«

Kannst du bitte akzeptieren, dass ich alleine sein muss.

112

»Heute nicht. Ein andermal gerne.«

Der Schatten ist wieder da.

»Eine ehemalige Geliebte?«

»Neugierig bist du aber gar nicht, was?«

Lea schwingt die Beine aus dem Bett und steht auf. Sie wuschelt Saskia durch die kurzen Haare und drückt ihr einen Kuss auf die Wange.

»Ich rufe dich morgen nach dem Dreh an, und wir machen was aus, ja?«

»Wie die gnädige Frau wünscht.«

Saskia greift nach dem Tablett und ist schon in die Küche unterwegs. Einen kühlen Lufthauch hinterlassend.

11

Nathalie überlegt, ob sie noch einen zweiten Rotwein bestellen soll. Sie fühlt sich völlig erledigt, ihre linke kleine Zehe schmerzt unentwegt vor sich hin. Sie trägt die neuen hellgrünen Leinenschuhe zum ersten Mal.

Hoffentlich war das kein Fehlkauf.

Die Verkäuferin hatte ihr versichert, dass die Schuhe sich noch weiten.

Wenn ich jetzt aus dem Schuh schlüpfe, komme ich bestimmt nicht wieder rein, wenn ich gleich loswill.

Kurz geht ihr durch den Kopf, dass sie oft Situationen erträgt, in denen schnelle Abhilfe möglich wäre. Wenn ihr kalt ist, wenn ihr zu warm ist. Es dauert ewig, bis sie sich entschließt, eine Jacke zu holen oder einfach den Pulli auszuziehen.

Der gestrige Abend steckt ihr ausgesprochen bösartig in den Knochen. Ein Empfang des französischen Schriftstellerverbandes für eine deutsche Delegation. Es ging um die Zukunft des Buches. Umtrunk, Reden, Häppchen, erneute Reden, dann ein kleines Abendessen.

Während sie servierte und mit einem Ohr den Redebeiträgen folgte, stellte sie fest, dass sie einige Passagen der Reden, die simultan ins Deutsche übersetzt wurden, weitaus präziser hätte formulieren können.

Sie war wegen ihrer Zweisprachigkeit für den

Dienst ausgewählt worden und dann im Laufe des Abends sogar mit einer deutschen Schriftstellerin kurz ins Gespräch gekommen. Diese konnte mit der auf Französisch verfassten Speisekarte nichts anfangen.

Salade d'endives aux noix et au bleu. Die Autorin hatte Nathalie hilflos angeschaut und natürlich, wie viele andere Anwesende auch, geglaubt, es handele sich um Endiviensalat, konnte aber mit *au bleu* nichts anfangen. Nathalie klärte sie auf, dass es sich um Chicorée mit Walnüssen und Blauschimmelkäse handelte, und dann plauderten sie ein wenig über Nathalies Leben in Paris. Dieses kurze Gespräch trug sie durch den Abend. Da war keine Herablassung zu spüren gewesen, wie sonst so häufig. Zwei Frauen plauderten über das Essen, ein Leben in Paris. Erst auf dem Heimweg spürte sie ihre geschwollenen Beine, als wäre heißes Blei in ihre Adern gegossen worden.

Mit einem leisen Stöhnen richtet sie sich auf. Sie sucht den Blick der Kellnerin, deutet auf ihr leeres Weinglas. Das Yoga hat sie heute ziemlich angestrengt. Jetzt fühlt sie sich noch zerschlagener.

Diese Arbeit kann ich nicht mehr allzu lange machen. Die schweren Tabletts, das ständige Stehen.

Es ist nicht das erste Mal, dass sie solche Gedanken hat. Und da ist das immer wieder aufploppende Gefühl, dass sie unter ihren Möglichkeiten bleibt. Louis hat das auch schon mal angedeutet.

Ich lächle, ich bediene, ich muss tipptopp aussehen, falle hundemüde ins Bett. Lieber wäre ich die Schriftstellerin und ließe mir diese exquisiten Häppchen servieren.

»Was ist mit dir, Nathalie? Du bist gar nicht richtig anwesend.«

Brigitte stupst sie sanft in die Seite. Auch Melanie schaut jetzt zu ihr hin.

Die beiden Freundinnen hat sie im Yogakurs kennengelernt. Brigitte lebt schon lange Jahre in Paris – sie stammt aus Lille. Melanie kommt aus der Schweiz und ist erst vor ein paar Monaten in die Stadt gekommen. Nach dem Yoga gehen sie immer zusammen in das nette Eckbistro, nicht weit von Nathalies Wohnung entfernt.

Brigitte ist ihre erste enge Freundin in Paris, kommt öfter mit ihrer aktuellen Geliebten zu ihr und Louis zum Abendessen ins Marais. Nathalie mag ihre unverblümte Art, ihren etwas abgründigen Humor. Mit ihr ist es nie langweilig. Sie schleppt sie in neu eröffnete, unbekannte Galerien und in winzige Kinosäle, in denen ein unvergesslicher Truffaut gezeigt wird. Brigitte ist Malerin, sie malt ausschließlich Stillleben, meist bizarre Kompositionen von Küchengeräten, Smartphones und angebissenen Lebensmitteln. Manchmal malt sie »nettes Zeugs«, wie sie es nennt, auf Bestellung, damit sie über die Runden kommt.

Paris ist eine teure Stadt geworden, die Mieten steigen, einfache Leute werden Richtung Stadtrand verdrängt, und die nächste Immobilienfirma eröffnet ein Büro. Im Schaufenster hängen dann Fotos von superschick renovierten Altbauwohnungen zu Fantasiepreisen. An jeder Ecke öffnen Schnellimbissketten, immer mehr alteingesessene Bistros machen dicht. Man kann zugucken, wie sich die Stadt verändert. Anstrengender wird. Dazu die islamistischen Anschläge. Nach Bataclan ist Nathalie tagelang nicht aus dem Haus gegangen.

»Entschuldigt. Meine kleine Zehe pocht vor sich hin, ich bin kaputt von gestern Abend, und ich dachte gerade daran, wie Paris sich verändert. Die alten Quartiers entwickeln sich zu Reichengettos, die alteingesessenen Bewohner auf den unteren Treppchen der sozialen Leiter finden sich plötzlich am Stadtrand wieder.«

»Da spricht ja die reinste Soziologin. Aber du hast schon recht! Man könnte Paris in Cité Vuitton umbenennen.«

Brigitte lächelt Nathalie mit schiefgezogenem Mund an.

»Aber mal ehrlich, ma petite Nathalie, du dienst bei deiner Firma auch den Reichen und Schönen. Und spätestens in fünf Jahren schmeißen sie dich raus. Verzeih mir, aus Altersgründen. Natürlich werden sie das niemals so formulieren, sie werden dir einfach keine Aufträge mehr geben. Bis dahin – oder besser noch vorher – solltest du dir was anderes suchen. Du bist doch viel zu klug für so einen blöden Knochenjob, auch wenn du unserer allseits geliebten Deneuve ein paar Häppchen vor der Mona Lisa servieren durftest.«

Nathalie seufzt.

»Ich hätte mein Studium abschließen sollen. Da hätte ich ganz andere Möglichkeiten.«

Die Kellnerin bringt ihren Wein. Melanie nutzt die Gelegenheit und zahlt ihren Cocktail. Hektisch zerrt sie an den beiden Taschen, die sie unter ihrem Stuhl verstaut hat. Nathalie grinst Brigitte an und hält ihr Glas fest.

»Ich muss los. Salut. Macht's gut. Ich habe Nicolas versprochen, noch bei ihm vorbeizukommen.«

Melanie agiert immer mit sehr viel Energie, zu viel Energie, da fällt öfter mal was um.

»Bis nächste Woche.«

Melanie stapft aus dem Bistro, ihre Schritte sind durchs ganze Lokal zu hören.

»Ich muss auch bald los, aber ich warte noch, bis du deinen Wein getrunken hast«, sagt Brigitte und schaut auf ihre Armbanduhr.

»Alles gut bei dir und Annie?«

»Na ja, das Übliche. Ich bin ihr zu schlampig, sage nicht immer Bescheid, wenn ich irgendwo hängenbleibe und später nach Hause komme.«

»In dieser Hinsicht wären Annie und Louis das ideale Paar.«

»Sollen wir tauschen? Du und ich, und die beiden Pingeligen gehen zusammen?«

Nathalie verzieht gespielt das Gesicht.

»Bleib lieber meine Freundin. Du weißt doch, bei mir läuft es komplizierter mit dem Sex.«

Vor einiger Zeit hat sie Brigitte von den sexuellen

Attacken ihres Vaters erzählt. Das hat sie bis heute nicht bereut, denn Brigitte hat weder mitleidig reagiert, noch wird sie jemals das Vertrauen, das Nathalie ihr entgegengebracht hat, enttäuschen.

»Alles klar. Annie kann sowieso gar nicht mit Männern. Mit heterosexuellen jedenfalls. Auch dein androgyner Louis hätte keine Chance, da kann er noch so ordentlich und zuverlässig sein.«

Brigitte trinkt ihr Bier in einem Zug aus. Am Nachbartisch wird laut gelacht. Die Espressomaschine zischt. Nathalie glaubt, ein Chanson von Françoise Hardy aus den Lautsprechern zu erkennen.

»Apropos, Louis. Geht er eigentlich öfter ins *Queens*?«

»Spinnst du?«

Schon während ihre abwehrende Entgegnung bei Brigitte ankommt, wird ihr mulmig zumute. Sie hört die gerade noch so lebhaft und fast störend empfundenen Geräusche des Cafés wie durch Watte. Bilder dieser frivolen Szene im Louvre tauchen auf. Wie dieser Bruno hinter Louis stand. Und ein paar Tage später kam dann das Paket mit der Tasche. Sie vertraut Louis, nie gab es einen Grund für irgendein Misstrauen. Sie muss nicht alles wissen, aber Louis im *Queens*? Das hätte er ihr doch erzählt.

Brigitte sieht erschrocken aus. Als würde sie bedauern, dass sie überhaupt was gesagt hat.

»Los, sag schon. Hast du ihn dort gesehen?«

Brigitte atmet hörbar aus.

»Annie hat ihn Dienstag dort gesehen. Sie war mit

einem schwulen Freund unterwegs. Sie haben dort was getrunken und ein bisschen abgelästert.«

»Louis hat dienstags seinen Kumpelabend, Freunde von früher. Ich kenne sie nicht. Er kommt manchmal erst am Morgen nach Hause. Bringt Croissants mit.«

Warum erzähle ich das mit den Croissants? Sind die ein Beweis dafür, dass das alles nichts zu bedeuten hat? Brigitte schaut so verdammt unschlüssig, als wüsste sie nicht so genau, was sie mir jetzt erzählen soll.

»Jetzt spuck es schon aus. Und keine Ausflüchte, bitte. Was hat Annie dir gesagt? War er mit seinen Freunden dort?«

»Er war vermutlich alleine dort. Hat getanzt. Mit einem Mann.«

Brigitte verzieht das Gesicht. Nathalie glaubt zu erkennen, dass Brigitte lieber geschwiegen hätte. Nach einer kurzen Pause fährt sie fort.

»Er trug ein schwarzes Kleid und war geschminkt. Annie hat ihn fast nicht erkannt. Sie ist dann auch schnell gegangen, wollte auf keinen Fall, dass er sie entdeckt.«

Nathalie spürt, wie ihr das Blut in den Beinen versackt, dann mit Kraft in den Kopf zurückschießt.

Louis im Fummel unterwegs?

Natürlich ist ihr nicht verborgen geblieben, dass Männer auf Louis fliegen. Er hatte früher auch die ein oder andere Geschichte mit einem Typen. Aber dass er sich im *Queens* amüsiert und sich am Ende noch abschleppen lässt?

»Das muss doch nichts bedeuten – jedenfalls nicht für eure Beziehung!«, meint Brigitte nach einem Moment, der ihr wie eine Ewigkeit vorkommt.

»Meinst du nicht, dass ich das wenigstens wissen sollte? Dass er mit Typen rumfickt oder sich ficken lässt.«

Am Nachbartisch ist es still geworden. Wütend schaut Nathalie zu den drei Frauen rüber. Am liebsten würde sie sie anblaffen, lässt es dann aber sein.

»Ja, das solltest du wissen. Wenn es denn so wäre.«

»Eben. Wenn da nichts wäre, dann könnte er es doch erzählen. Bei uns zu Hause hat er keinen Fummel hängen, das wüsste ich. Das ist ein so unglaublicher Vertrauensbruch. Das tut echt weh.«

Nathalie verbirgt ihr Gesicht in den Händen. Hat sie sich jemals so allein gefühlt? Selbst damals wusste sie immer, dass es Lea gibt. Auch wenn sie diese oft nicht ertragen konnte.

»Ich wünschte, ich hätte nichts gesagt«, murmelt Brigitte.

»Was für ein Quatsch. Spätestens beim nächsten Treffen zu viert wäre mir doch aufgefallen, dass was nicht stimmt!«

»Ja, du hast feine Antennen. Und jetzt?«

»Ich weiß es nicht. Gerade habe ich das Gefühl, dass mir das Fundament meines Lebens hier in Paris zerbröselt. Kann ich mit dir nach Hause kommen?«

Sie will nicht zu sich nach Hause, will Louis im Moment auf keinen Fall sehen.

»Na klar. Du kannst bei uns übernachten. Kein Problem. Du bist hier verwurzelter, als du gerade denkst, Nathalie. Annie und ich gehören auch zu deinem Leben, vergiss das bitte nicht. Kopf hoch. Wir machen uns einen gemütlichen Abend, kochen was Schönes, gucken einen Film. Und du lässt Louis richtig schmoren, rufst auf keinen Fall an.«

Nathalie seufzt.

Wie kann er mir das antun? Wir haben uns Ehrlichkeit versprochen. Nicht unbedingt Treue. Lügen sind das Allerletzte, was ich von ihm erwartet hätte.

Plötzlich ist da dieses allzu bekannte Gefühl der Unzulänglichkeit – das Gefühl, dass sie ihm nicht genügt. Dass es bei ihnen im Bett zu brav zugeht. Und da ist sie wieder, die Scham. Wie früher. Das Gefühl, immer das Falsche zu sagen, am falschen Ort zur falschen Zeit zu sein, falsch angezogen. Eine völlig falsche Person zu sein.

Mit Lea hat sie sich meist gut gefühlt, konnte sie sich entspannen. Mit Louis auch, von Anfang an. Auch mit Brigitte.

»Ach, Brigitte. Was fange ich jetzt mit diesem Wissen an? Ich hätte nie gedacht, dass er so ein Feigling ist. Am liebsten würde ich meine Sachen aus der Wohnung holen und verschwinden. Auf Nimmerwiedersehen.«

Brigitte seufzt und legt ihre rechte Hand ganz sanft auf Nathalies linke.

»Du kannst so lange bei uns wohnen, wie du willst. Annie mag dich auch gerne. Wir haben die kleine Kammer. Aber bitte nicht für immer verschwinden. Lass uns erst mal gehen.«

Nathalie nickt. Gerade wäre sie gerne wieder ein Kind, diesmal ein rundum geliebtes kleines Mädchen. Behütet. Beliebt in der Schule, mit netten Freundinnen. Sie fühlt sich plötzlich schrecklich fremd. Was macht sie hier, in diesem Bistro, in dieser Stadt, wo alles immer teurer wird, wo Arbeitskollegen und so manche Bekannte ohne Drogen kaum durch ihre anstrengenden Arbeitstage kommen? Wo sie ihre Angst vor islamistischen Anschlägen nur mit Mühe wegpackt? Wieso lebt sie mit Louis? Ist das wirklich ihr Leben?

Alles ist so verdammt schwer. Und ich bin so verdammt müde.

»Bon dieu de merde. Mein ganzes Leben kommt mir falsch vor, eine einzige Lüge.«

»Nathalie, lass uns gehen.«

»Und mein Zeh tut so weh. Nicht mal passende Schuhe kann ich kaufen.«

Brigitte zieht Nathalie vom Stuhl hoch. Aus den Lautsprechern ist *Claro de Luna* zu hören. Ein Sommerhit, der überall rauf und runter gespielt wird.

»Hör bitte auf. Du bist eine tolle Frau. Klug, charmant, eine tolle Tänzerin, Köchin und dazu, das ist natürlich nicht ausschlaggebend, ziemlich ansehnlich. Ich zahle jetzt deinen Wein und dann marsch!«

12

Lea setzt mit einem Ächzen ihre Einkaufstasche auf einem der Küchenstühle ab und reibt sich die Schulter.

Meine Güte, ist die Tasche schwer. Ich werde nie wieder über Leute mit diesen Marktrollern, wie die liebe Frau Roth einen benutzt, lachen. Die sind eine tolle Erfindung.

Üblicherweise macht ihre Haushälterin sämtliche Einkäufe, aber Lea hatte Lust, wieder mal selbst einen Supermarkt zu betreten und paar Vorräte zu besorgen, ihre Blase zu verlassen.

Heute früh hat sie sich um fünf Uhr aus dem Bett gequält, für Schwester Helene stand der erste Take um 7.30 Uhr auf dem Plan. Und dann saßen sie alle missgelaunt in einem hässlichen Aufenthaltsraum herum, weil die »Oberärztin« nicht erschien. Nicht zum ersten Mal. Atemlos hetzte sie mit einer Stunde Verspätung ins Studio, ließ sich theatralisch auf einen Sessel fallen, brauchte erstmal ein Glas Wasser. Man hätte meinen können, sie sei von der Mafia verfolgt worden und habe sich nur mit knapper Not ins Studio retten können. Angeblich hatte die Weckdienst-App nicht funktioniert. Leider hatte keine andere Szene vorgezogen werden können.

Lea hasst diese verlorene Lebenszeit. Alle warten, sind ungeduldig, gereizt. Nur ihrem Kollegen Micha, er spielt einen Kinderarzt, gelingt es auf Anhieb, sich in sowas wie einen tiefen Meditationszustand zu versenken. Ihr fällt es schwer, sich auf etwas Anderes als ihren Ärger zu konzentrieren, denn die verspätete Person könnte ja jeden Moment auftauchen. Sie hat öfter eine Tageszeitung für einen solchen Fall eingesteckt oder auch mal ein schmales Bändchen mit Gedichten, aber nie die innere Ruhe aufgebracht, um tatsächlich zu lesen. Es blieb nichts hängen, es klappte nicht. Also fingerte sie, wie alle anderen, auf ihrem Smartphone herum. Sie schrieb ein paar Mails, schaute sich Modewerbung an, las die Schlagzeilen der überregionalen Zeitungen.

Als ihre Szenen endlich abgedreht waren, wollte sie nur noch nach Hause. Sich sofort ein wenig hinlegen. Das hat sie auch getan, aber aus dem geplanten üblichen zwanzigminütigen Hundeschläfchen ist dann eine ganze Stunde geworden. Übellaunig und wie verkatert ist sie aufgewacht. Bei den Nachbarn obendrüber lief mal wieder die Technomucke lauter als nötig.

Die Serie geht ihr allmählich ziemlich auf den Nerv. Um die viele Sendezeit über die Jahre zu füllen und die Zuschauer, genauer gesagt die Zuschauerinnen, bei der Stange zu halten, häufen sich die Schicksalsschläge. Ständig kommt jemand zu Tode – und nicht nur die Krankenhauspatienten. Es gibt Intrigen innerhalb des Personals, alles wird immer unglaubwürdiger. In Ungnade gefallene, lieb gewordene Kolleginnen werden aus der Serie rausgeschrieben, andere gehen freiwillig. Dieser ständige Wechsel schlägt ihr aufs Gemüt. Sie ist nicht mehr richtig dabei, fühlt sich unterfordert. Die fertiggestellten Episoden schaut sie sich schon lange nicht mehr an.

Sie ist nur noch müde in letzter Zeit. Und voller Überdruss aufgrund der vielen Laufereien, die sie wegen ihrer Mutter hat. Und Saskia kostet allmählich auch Nerven. Um mal wieder auf andere Gedanken zu kommen, hat sie die Einkaufstasche geschnappt und ist in den Supermarkt gegangen.

Sie packt fünf Pakete Linguine, drei Packungen Parmesankäse am Stück aus. Außerdem einige Dosen mit den stückigen Tomaten aus Italien, Dosenthunfisch in Olivenöl und drei Flaschen Olivenöl aus Griechenland. Stellt alles auf den Küchentisch. Außerdem fünf Tafeln ihrer Lieblingsschokolade, auf die sie unmöglich verzichten kann.

Sie öffnet die Tür zur Speisekammer und räumt ihre Vorräte in die bereits gut gefüllten, übereinander und nebeneinander gestapelten Plastikbehälter. Zufrieden betrachtet sie das Lebensmittellager vor sich. Sie könnte sicher drei Wochen ohne einen einzigen Einkauf zurechtkommen, geht es ihr durch den Kopf.

Ein sehr befriedigender Gedanke. Ihre Augen erfassen Espressokaffee, H-Milch, Vanillesojamilch, Haferflocken, Kichererbsen, weiße Bohnen, Tahin in Gläsern, Couscous, Reis – alles ordentlich eingeräumt, und unten am Boden stehen drei Kästen mit Mineralwasser in Glasflaschen und ein Kasten Bier. Ihre Weinvorräte bewahrt sie im Keller auf.

Saskia hat sich vor Kurzem kaputtgelacht und

gelästert, als sie zufällig mal einen Blick in die Speisekammer geworfen hat. Sie musste sich von ihr als Prepper bezeichnen lassen.

»Hast du auch deinen Keller zum Bunker ausgebaut, und wo bewahrst du denn deine Waffen und Schutzkleidung auf?«, spottete sie.

Lea glaubte, einen leisen Anflug von Verachtung herauszuhören.

Sie hängt die Einkaufstasche an den Haken in der Tür der Speisekammer und seufzt. Am liebsten möchte sie Saskia gerade aus ihrem Leben drängen.

Wie konnte die ganze Sache nur so schnell so anstrengend werden? Sicher, sie ist aufmerksam, fast zu aufmerksam, verhätschelt mich geradezu. Behauptet, mich zu lieben. Affenliebe, hätte meine Uroma Wissler dazu gesagt. Trotzdem habe ich keinen Moment das Gefühl, dass ich wirklich die Frau bin, mit der sie alt werden möchte, wie sie behauptet. Was nicht weiter tragisch ist. Aber sie versucht, mich irgendwie unter Kontrolle zu bringen. Sie drängt sich auf, macht sich breit. Und dann ist sie wieder unglaublich süß, lustig und einfallsreich. Sie braucht ständig Aufmerksamkeit, aber langweilig ist es mit ihr nie.

Lea schaltet ihre Stereoanlage ein und lässt sich auf ihr gemütliches Sofa am Fenster fallen. Die Sonne ist schon hinter den Dächern verschwunden.

Nina Simones *I put a spell on you* erfüllt den Raum.

Because you're mine. Das hätte sie sicher gerne, die liebe Saskia.

Sie lehnt sich zurück, versucht an nichts zu denken, nur die Musik aufzusaugen. Trotzdem geht ihr der vorgestrige Abend wieder und wieder durch den Kopf. Saskia hatte erneut Pläne gemacht, ohne vorher abzuklären, ob sie überhaupt Zeit haben würde. Das Ganze wurde zu einem Déjà-vu. Eine kleine Wanderung stand auf dem Programm. Dann die Einkehr in ein gut besprochenes Ausflugslokal, um anschließend den Tag völlig entspannt gemeinsam ausklingen zu lassen. Soweit Saskias Plan.

Sie war aber auch dieses Mal mit einer Freundin verabredet. Saskia erwartete tatsächlich, dass sie die Verabredung absagen würde. Ihr Alternativvorschlag war, wenn sie schon keinen Ausflug machten, mit ihr in die Sauna zu gehen, sich mal richtig zu erholen, wo ihr doch die Müdigkeit anzusehen war. Mitgefühl und Boshaftigkeit gingen bei Saskia gerne Hand in Hand.

Als sie nicht nachgab, reagierte sie unverhohlen stinkig. Sprach kaum noch ein Wort, setzte ein tief verletztes Gesicht auf, was sie an ihre Mutter erinnerte. Die theatralische Enttäuschung, der mit Schweigen unterlegte Liebesentzug, wenn sie sich nicht wie gewünscht verhielt. Das konnte bei ihrer Mutter tagelang andauern. Am Ende fühlte sie sich undankbar und mies.

Hat Saskia überhaupt echte Freundinnen?

Diese Frage war ihr schon öfter durch den Kopf gegangen.

Vor Kurzem standen sie in einem Club mit einigen ihrer Bekannten zusammen. Sie wollten auf einen Absacker in diese Bar und waren auf das Grüppchen gestoßen. Keine Ahnung, ob rein zufällig oder geplant. Es dauerte nicht lange und Saskia flirtete mit einer hageren Blonden aus dieser Runde, zerrte sie bei einem hippen Musiktitel auf die Tanzfläche. Als Lea im Laufe des Abends mit einer der Frauen plauderte, reagierte Saskia allerdings ziemlich unentspannt. Und hinterher versuchte sie, ihre Eifersucht als Spaß abzutun.

Kein einziges Mal hat Saskia Freundinnen abends dazu geladen, wenn sie sich bei ihr trafen und sie Unmengen köstlicher Dinge auftischte. Was ihre Familie betrifft, hat sie nur erzählt, dass ihre Eltern in Kanada lebten und sie ab und zu skypten.

Als es an der Wohnungstür klingelt, schreckt Lea hoch. Beinahe wäre sie eingeschlafen.

Sie rappelt sich hoch und geht zur Tür. Durch den Spion sieht sie Saskia, einen Riesenblumenstrauß im Arm.

Als sie öffnet, lächelt Saskia sie mit einer schiefen, die Lippen vorgestülpten – man könnte an Verlegenheit denken – Schnute an und streckt ihr die Arme mit den Blumen entgegen. Langstielige Rosen in verschiedenen Rottönen, Schleierkraut und anderes Grünzeug, ein üppiges Bouquet.

»Es tut mir so leid, dass ich vorgestern so beleidigt reagiert habe. Ich war einfach enttäuscht. Verzeihst du mir, du schöne Frau? Soll nicht wieder vorkommen!«

Als Lea ihr den Strauß abnimmt, steht Saskia bereits im Flur ihrer Wohnung.

»Da muss ich wohl nicht fragen, ob du hereinkommen möchtest?«

»Oh, Verzeihung. Hast du Besuch?«

Saskia schaut in die Küche, von wo Nina Simones Stimme leise zu hören ist.

»Ja, Nina Simone ist völlig unerwartet reingeschneit.«

Lea sieht deutlich, wie Saskia versucht, gelassen zu bleiben, eine vermutlich schon auf der Zungenspitze liegende Antwort hinunterschluckt.

Stattdessen sagt sie:

»Ja, nimm mich nur auf den Arm. Hast du ein Glas Wasser für mich? Und ... eine Vase für die Blumen?«

Lea macht eine einladende Bewegung mit dem Arm, lässt Saskia in die Küche vorangehen.

»Nimm dir ein Glas aus dem Schrank, das Mineralwasser steht im Kühlschrank. Ich hole eine Vase in der Kammer.«

Meine Güte, was für ein Strauß. Mit Schleierkraut!

Sie mag am liebsten selbst gepflückte wilde Sommerblumen, und wenn schon Rosen, dann robuste Freilandrosen. Sie holt die Bodenvase aus Glas aus dem Regal in der Rumpelkammer. Als sie zurück in die Küche kommt, sitzt Saskia am Küchentisch, die Beine lang von sich gestreckt.

»Lea, es tut mir wirklich leid. Wie kann ich das wiedergutmachen?«

Sie schaut wie ein Hündchen, das genau weiß, dass es nicht hätte auf den Teppich pinkeln sollen.

»Indem du mir Luft lässt und nicht dauernd versuchst, jeden Schritt von mir zu kontrollieren. Es könnte federleicht zwischen uns sein, wenn du ein wenig lockerlassen könntest.«

»Federleicht? Das hört sich verdammt unverbindlich an.«

Da ist schon wieder eine scharfe Kante in Saskias Tonfall zu spüren.

Wie sage ich das jetzt, ohne dass sie gleich wieder beleidigt reagiert?

»Wir kennen uns gerade ein paar Wochen, und ich habe eine schwere Zeit wegen meiner Mutter. Du bist aufmerksam, verwöhnst mich, das ist schön. Das tut mir gut. Wirklich. Aber ich bin gerade nicht offen für eine feste Sache. Das kann sich entwickeln, aber ich brauche meine Freiräume. Ich habe meine Routinen entwickelt, gerade an Drehtagen. Vielleicht bin ich ein bisschen zu eingefahren, aber ich kann nicht dauernd ausgehen, spät ins Bett gehen. Das rächt sich sofort.«

»Ja, das verstehe ich. Wie wäre es, wenn du dich jetzt ins Wohnzimmer setzt und ich koche ein schönes Abendessen für uns? Ein Risotto? Später kannst du entscheiden, ob ich nach Hause gehen soll oder bleiben darf.«

Sie zieht sie Beine heran und richtet sich auf, trinkt einen Schluck Wasser.

Lea ist unschlüssig, aber die Aussicht auf ein von

Saskia gekochtes Risotto ist verlockend. Eigentlich wollte sie noch ihre Mutter besuchen. Sie hat festgestellt, dass es abends am besten mit ihr läuft. Und es ist ruhiger im Wohnbereich. Keine hektischen Rennereien auf dem Flur wie tagsüber.

»Ich wollte noch zu meiner Mutter ins Heim. Aber das kann ich auch morgen machen. Also: Einverstanden. Ich verziehe mich ins Wohnzimmer und lass dich kochen!«

Lea sieht auf ihre Armbanduhr.

»Vielleicht schaue ich mal wieder in meine Serie rein.«

»Übrigens: Ich habe dem Meyer, deinem Regisseur, ein paar Seiten Vorschläge für Szenen und mögliche Dialoge in künftigen Folgen geschrieben, ausgedruckt und persönlich überreicht. Natürlich mit langen dramatischen Auftritten von Schwester Helene. Er war ziemlich angetan. Auch von mir, aber das spielt uns nur in die Hände. Vielleicht nimmt er mich in das Drehbuchteam auf. Was sagst du dazu?«

Lea spürt eine Welle geradezu Übelkeit auslösender Müdigkeit in ihren Körper schwappen. Sie hat das Gefühl, gleich zu fallen. Sie vermeidet jeden Blickkontakt.

»Toll. Wir hätten darüber reden können. Mal sehen, was dabei herauskommt.«

Bevor Saskia irgendetwas sagen kann, dreht sie sich um und verschwindet aus der Küche. Es wird immer klarer: Ihr sehnlicher Wunsch, sich von einer neuen Begegnung tief berühren zu lassen, wird sich mit Saskia nicht erfüllen.

Traurig und erschöpft sinkt sie im Wohnzimmer auf ihren Lieblingssessel und schaltet den Fernseher ein. Den Ton stellt sie sofort leise. Sie schließt die Augen. Aus der Küche hört sie Saskia mit den Töpfen hantieren.

Vielleicht sollte ich mich nicht mehr mit ihr treffen. Die ersten Male war es schön mit ihr. Obwohl.

Lea muss daran denken, dass sie Saskia noch kein einziges Mal nackt gesehen hat. Sie lässt immer Unterhemd und Slip an. Ein Gespräch darüber ist unmöglich. Lea darf sie durch die Wäsche berühren, aber auch das eher widerwillig. Saskia ist lieber die Aktive. Und durchaus zugewandt und sensibel. Und ungehemmt. Da hat sie schon ganz andere Erfahrungen gemacht. Aber es entsteht keine bleibende Nähe.

Sie wird ihre Gründe haben. Vielleicht braucht sie Zeit, bis sie wirklich vertrauen und loslassen kann. Nicht immer alles im Griff haben muss. Und so schlimm ist es auch nicht, dass sie mir mehr Filmszenen verschaffen will.

13

Sie wartet im Zimmer ihrer Mutter auf die Neurologin. Der CD-Player läuft, wie immer mit der einen CD von Dusty Springfield. Ihre Mutter möchte nichts anderes hören. Und außerdem: Nur diese Musik macht sie friedlicher.

Ich sollte ein zweites Exemplar der CD besorgen und zu Hause aufbewahren, falls diese mal wegkommt.

Ihre Mutter trägt eine Art Hausanzug aus hellgrünem Nickistoff und hat einen babygroßen Plüschesel auf dem Schoß, den sie geradezu verliebt anschaut und streichelt.

Dieser Esel ist ein voller Erfolg!

Lea hat ihr drei dieser gut waschbaren und elegant aussehenden Anzüge gekauft. In Beige, Hellgrün und Dunkelblau. Und als sie alten Fotoalben durchblätterte, ist sie auf ein Bild ihrer Mutter mit Esel – während eines Urlaubs in den Cevennen – gestoßen und erinnerte sich, dass ihre Mutter Esel liebt. Das Plüschexemplar wurde sofort ins Herz geschlossen und heißt jetzt Philippe, wie damals der Esel auf der Wanderung.

Lea blättert eine der Frauenzeitschriften durch, die sie ihrer Mutter regelmäßig mitbringt. Sie schaut auf die Uhr. Schon fast 19 Uhr. Ihr Magen knurrt vor sich hin. Sie nimmt sich eine Praline aus der Schachtel auf dem Beistelltischchen und betrachtet ihre Mutter.

Seit dem Zwischenfall in der Wohnbereichsküche ist erfreulicherweise nichts wirklich Gravierendes mehr passiert. Ein paar kleinere Wutanfälle, wenn sie sich bevormundet fühlt, aber keine tätlichen Angriffe. Eine Unterbringung in einer psychiatrischen Einrichtung ist, auch dank der Fürsprache der Neurologin, Dr. Manzel, erst mal vom Tisch. Frau Dr. Manzel möchte mit ihr über die infrage kommende künftige Medikation sprechen, deswegen sitzt sie hier und wartet.

Wo bleibt die Frau nur? Ich will endlich nach Hause.

»Mama, wenn du müde bist, dann klingle ich nach der Pflegerin.«

Hoffentlich hat die Drechsler nicht Spätschicht. Ich kann sie nicht ertragen.

»Was glaubst du denn? Wir gehen doch noch aus, oder?«

»Heute nicht. Und Philippe hat doch heute schon eine Riesentour hinter sich. Der ist todmüde, der kann nicht mehr raus!«

Manchmal geht sie mit ihrer Mutter in die Eisdiele, gleich um die Ecke. Da sind sie schon bekannt. Samt Philippe.

»Gut, wenn das so ist. Ach, du armer müder Esel.«

Philippe wird abgeküsst und dann wieder sanft in den Schoß gebettet.

Die Tür geht auf. Die Neurologin. Ihre Mutter zuckt zusammen.

Könnte schon anklopfen.

»Entschuldigung. Ganz schlechtes Benehmen.«

Sie geht wieder raus, schließt die Tür und klopft an.

»Herein«, rufen Mutter und Tochter gleichzeitig.

»Guten Abend, die Damen. Gemütlich ist es hier. Wie geht es Ihnen?«

Sie reicht Frau Wissler senior die Hand und dann Lea.

»Danke, sehr gut. Diese nette junge Frau leistet mir Gesellschaft, bis sie ins Bett muss!«

Lea weiß nicht, ob sie weinen oder lachen soll. Aber sie will auf keinen Fall besserwisserisch reagieren. Soviel hat sie inzwischen gelernt, das bringt ihre Mutter nur auf.

»Darf ich Ihnen denn die junge Frau entführen? Sie sieht müde aus.«

Frau Dr. Manzel gelingt es mal wieder bestens, auf der Gedankenwelle ihrer Mutter zu surfen, stellt Lea bewundernd fest.

Tolle Frau.

»Ausnahmsweise. Aber passen Sie auf, sie steht auf Frauen!«

»Mama!«

Nicht zu fassen. Sonst rafft sie nichts, aber plötzlich fällt ihr ein, dass ich lesbisch lebe.

»Ja, ich werde gut aufpassen. Guten Abend, Frau Wissler.«

Als Lea neben Frau Dr. Manzel auf dem Flur steht, spürt sie die Röte in ihrem Gesicht.

»Entschuldigen Sie bitte meine Mutter.«

»Was gibt es denn zu entschuldigen? Ihr Liebesleben geht mich zwar wirklich nichts an, aber es freut mich, dass Ihre Mutter zufriedener wirkt. Was halten Sie davon, wenn wir in die Pizzeria zwei Ecken weiter gehen? Ich falle fast um vor Hunger. Ich bin sehr spät aus der Praxis gekommen, und dann wurde ich hier im Haus wegen der Medikation einer neuen Bewohnerin noch zusätzlich aufgehalten.«

»Gerne. Mir knurrt seit einer Stunde der Magen.«

»Das muss ich dann wohl auf meine Kappe nehmen!«

»Ach, Sie können doch nichts dafür. Das sollte kein Vorwurf sein.«

Auf dem Flur begegnet ihnen eine Bewohnerin, die, barfuß im lila Nachthemd – ihre Inkontinenzeinlage scheint durch das verwaschene fadenscheinige Hemd hindurch – vor sich hin singt.

»Schnee-, Schnee-, Schnee-, Schnee- ... walzer tanzen wir ...«

Die Frau wirkt völlig versunken und zufrieden. Leise schleichen sie an ihr vorbei.

Irene Drechsler beobachtet aus dem Halbdunkel der geöffneten Tür des Aufenthaltsraumes, wie die junge Wissler mit der Ärztin den Wohnbereich verlässt.

Was haben die denn miteinander zu schaffen? Okay, das ist die Neurologin ihrer Mutter, aber wieso marschieren die so einvernehmlich durch das Haus, als hätten sie etwas vor?

Sie wühlt in ihrer Tasche, sucht die Packung Zigaretten, die sie eigentlich erst morgen anbrechen wollte.

Sie spürt, wie der Groll gegen Lea Wissler schon wieder an ihr nagt. Seitdem sie weiß, dass ihre geliebte Schwester Helene die Tochter ihrer ehemaligen Nachbarn ist, hat sie nicht eine Folge der Serie mehr angeschaut. Außerdem muss sie seitdem öfter an Nathalie und an ihren Ex denken.

Blöde Kuh, was muss die hier samt ihrer bescheuerten Mutter mein Leben versauen!

Endlich hat sie die Zigarettenpackung gefunden. Sie reißt die Plastikhülle ab, öffnet die Schachtel, nimmt eine Zigarette heraus und wirft die Packung wieder in die Tasche. Vor Feierabend will sie keine weitere rauchen.

Serap kommt herein, eine Pflegehelferin – eine ihrer liebsten Kolleginnen.

»Wollen wir eine zusammen rauchen?«

Serap nickt.

»Bleiben wir hier drinnen und machen das Fenster auf?«

Irene geht es ziemlich gegen den Strich, dass im Haus nicht mehr geraucht werden darf. Bei Wind und Wetter müssen sie auf den Balkon. Wo sie doch sowieso fast alle rauchen.

»Ich glaub, die Chefin ist noch im Haus unterwegs! Lieber nicht.«

Frau Streibel, die Heimleiterin, geht gerne mal am Abend über die Flure. Von ihr möchte Irene auch nicht unbedingt angeranzt werden.

Wenn die einen mal auf dem Kieker hat, dann stehst du ständig unter Beobachtung.

Irene Drechslers Pager beginnt zu piepen. Sie stöhnt übertrieben laut auf.

»Natürlich, musste ja so kommen.«

Sie schaut auf die angezeigte Zimmernummer.

»Klar doch. Die alte Wissler. Kaum ist die Tochter weg, fängt sie wieder an zu klingeln. Geh schon mal vor – ich komme gleich.«

»Haben Sie eine Ahnung, wieso es Ihrer Mutter – natürlich im Rahmen ihrer Erkrankung – besser geht? Wir wollten ja heute über eine mögliche Medikation sprechen. Je mehr ich über das alltägliche Verhalten Ihrer Mutter weiß, desto besser kann ich beurteilen, was das Richtige für sie wäre.«

Die kleine Pizzeria ist heute Abend fast leer. Sie sitzen in einer Nische und haben den Steinofen im Blick. Lea hat sich Lasagne bestellt, die Ärztin eine Pizza mit Kapern und Sardellen.

»Sie hat jetzt ein paar kleine Aufgaben. Sie kann in der Wäscherei helfen, Höschen falten, Wäsche in den Trockner räumen. Gegen 11 Uhr deckt sie im Speiseraum gemeinsam mit einer anderen Dame die Tische für das Mittagessen ein und stellt Mineralwasserflaschen auf den Tisch. Sie fühlt sich gebraucht. Das tut ihr gut. Und sie macht kleine Einkäufe mit einer Betreuerin. Kauft Kosmetika und Süßigkeiten für andere Bewohner ein. Einmal hat sie beim Gedächtnistraining mitgemacht, das lief nicht so gut. Sie wurde patzig, weil sie in Konkurrenz zu einer anderen Teilnehmerin getreten ist. Ich glaube, dass sie jederzeit wieder ausflippen könnte, wenn sie sich provoziert fühlt.«

Frau Dr. Manzel nickt, holt einen kleinen Block aus ihrer Arbeitstasche und macht sich Notizen. In der etwas zu grellen Beleuchtung des Lokals sieht ihr Gesicht gespenstisch grau aus.

»Ich frage immer gerne, warum eine Patientin aggressiv ist. Es ist oft eine Reaktion auf die eigenen Unzulänglichkeiten. Überforderung führt auch zu Aggressionen. Lärm ebenso. Ich bin froh, dass eine Einweisung in die Psychiatrie erstmal vom Tisch ist. Trotzdem würde ich ihr gerne Diazepam verschreiben. Es ist ein Medikament, das angstlösend und beruhigend wirkt. Es hilft auch bei motorischer Unruhe. Die üblicherweise als Basismedikation verordneten Antidementiva sollen die Gedächtnisfunktion verbessern, aber das wird immer öfter angezweifelt. Deshalb würde ich die gleich weglassen. Bevor Sie fragen: Ja, es gibt Nebenwirkungen. Müdigkeit, Muskelschwäche. Alle diese Medikamente können zu Stürzen führen. Ein Antipsychotikum, das wäre das schwerere Geschütz, möchte ich momentan nicht verschreiben.«

»Macht Diazepam nicht abhängig?«

Lea möchte am liebsten nur noch ihre Lasagne essen und nach Hause fahren. Sie hat versucht, sich im Internet ein wenig sachkundig zu machen, aber das Meiste sofort wieder vergessen. Gerade wird ihr alles zu viel.

»Ja, bei langer und höher dosierter Anwendung.

Ich würde eine geringe Dosierung ausprobieren wollen und dann weitersehen. Man kann Diazepam auch wieder ausschleichend absetzen und eine Pause einlegen.«

»Sie sind die Expertin. Ich bin einverstanden. Hauptsache, sie greift niemanden mehr mit einem Messer an.«

»Garantieren kann Ihnen das niemand, aber ich hoffe es auch sehr. Wer weiß, wie es dazu kam? Vermutlich fühlte sie sich reglementiert. Vielleicht hat jemand mit ihr geschimpft, als wäre sie ein Kleinkind.«

»Oh, endlich! Ich hätte es keine Minute länger ausgehalten.«

Die Wirtin selbst bringt ihnen das Essen an den Tisch.

»Buon appetito.«

»Grazie!«, antworten beide gleichzeitig und lächeln sich etwas verlegen zu. Lea wegen der klischeehaften Reaktion. Die Ärztin vermutlich aus demselben Grund.

Die Lasagne ist am Rand etwas verbrannt. Üblicherweise hätte Lea sich beschwert, aber sie will jetzt keinen Ärger haben. Beide beginnen zu säbeln – auch die Oberfläche der Lasagne ist fest –, zu pusten und die ersten Bissen hinunterzuschlingen.

Es fühlt sich gut an, dieser Frau gegenüberzusitzen. Selbst schweigend.

»Die Lasagne sieht ein wenig verbrannt aus. Schmeckt es Ihnen?«

»Ja. Aber bei meinem Hunger würde mir jetzt selbst ein Babybrei schmecken. Und ich hasse Brei!«

»Oh, ich auch! Wenn ich nur an Grießbrei denke, wird mir schlecht. Der Rand der Pizza ist leider auch zu dunkel geraten. Egal.«

Nach einer Weile legt Lea das Besteck ab, seufzt und sagt: »Wissen Sie, ich hasse meine Mutter. Na ja, vielleicht ist hassen ein zu starker Begriff, aber ich mag sie nicht. Ich finde es schrecklich, dass ich mich um sie kümmern muss. Wir waren uns nie nah, haben nach einer halben Stunde des trauten Beisammenseins schon gestritten. Ich ...«

»Sie werden ihre Gründe haben. Aber dafür, dass Sie nie mit ihr klargekommen sind, machen Sie das ganz gut. Sie gehen gut mit ihrer Demenz um.«

»Danke. Vielleicht ist meine Distanz ganz hilfreich.«

Lea zögert kurz.

»Ich hatte eine Freundin, sie wohnte neben uns, die gesamte Schulzeit. Meine Mutter hätte ihr helfen können. Nein, helfen müssen. Sie hat nichts getan. Dafür hasse ich sie. Meinen Vater auch, aber von ihm habe ich sowieso nie etwas erwartet. Er war kaum zu Hause.«

Sie nimmt ihr Besteck wieder zur Hand und isst weiter. Ihr Herz überschlägt sich fast.

»Konnten Sie helfen? Oder waren Sie zu jung?«

Was mache ich hier? Ich kenne diese Frau gar nicht. So kurz vor einem Geständnis – oder eher einer Beichte – war ich noch nie.

»Ich *war* zu jung. Und habe das Falsche getan, aber ich habe ihr geholfen.«

Dr. Manzel schaut sie an. Sie wirkt unerschrocken. *Sie hat sich bestimmt schon so einiges anhören müssen.*

»Bereuen Sie es? Sie müssen mir keine Antwort geben, wenn die Frage Ihnen zu aufdringlich ist. Mir wird vieles anvertraut. Ich bin Ärztin und unterliege der Schweigepflicht.«

»Vielleicht nicht nur deswegen. Sie haben so etwas an sich, dass man Ihnen sofort vertraut. Ich hatte mal eine Gynäkologin, wenn ich zu ihr in die Sprechstunde kam, musste ich jedes Mal weinen. Keine Ahnung warum, sie löste das in mir aus. Zu Ihrer Frage: Nein, ich bereue es nicht. Na ja, vielleicht an manchen Tagen. Heute würde ich anders reagieren. Weil ich mehr weiß, andere Möglichkeiten hätte.«

Lea tupft sich mit der Serviette die Stirn ab. Sie würde am liebsten den Kopf auf den Tisch legen. Schlafen, tagelang schlafen. Dann sagt sie noch: »Aber ich muss damit leben.«

Sie schweigen. Sie beginnen wieder zu essen.

»Danke für Ihr Vertrauen!«, erwidert Dr. Manzel nach einer Weile und schiebt den bis auf ein paar verbrannte Randstücke leergegessenen Pizzateller von sich.

Lea betrachtet den mit Oliven und Tomaten bemalten Keramikteller. Findet ihn kitschig, aber trotzdem irgendwie schön. Stellt sich vor, sie wäre eine italienische Bäuerin. Mehrere dieser Teller stünden schräg auf einem Regal über der Anrichte. Und dann kämen ihre drei Kinder herein und stürzten sich auf sie. Umarmten sie, schrien durcheinander und fragten, was es zu essen gäbe.

Plötzlich ist ihr fast leicht zumute. Sie wusste damals keinen anderen Weg. Ihre Eltern waren zu feige, um etwas zu unternehmen. Hätte die Polizei geholfen? Vielleicht. Aber nur, wenn sie den Kotzbrocken direkt abgeholt und eingesperrt hätten. Es wäre auch eine Möglichkeit gewesen, ihre Klassenlehrerin ins Vertrauen zu ziehen. Mit der Schuld musste sie leben, bis zum Ende. Sie hat einen Menschen getötet.

Wäre jemandem geholfen, wenn ich heute dafür ins Gefängnis ginge?

Diese Frage hatte sie noch nie beantworten können.

Ich würde eine Strafe verbüßen. Falls überhaupt. Und dann? Vielleicht würde ich mich leichter fühlen, aber Nathalie würde es wissen. Und ich würde der Boulevardpresse zum Fraß vorgeworfen werden.

»Darf ich Sie fragen, was Sie beruflich machen?«

Lea schreckt aus ihren Gedanken auf und hätte beinahe gelacht.

»Ich spiele seit Jahren eine Krankenschwester in einer Seifenoper. Mein Künstlerinnenname ist Sophie van Haaren. Ab und an ergattere ich auch eine kleine Rolle in einem der zahlreich produzierten Krimis.«

Sie ist wieder völlig im Jetzt angekommen. Sie lächelt.

»Oh, tut mir leid. Ich komme kaum zum Fernsehgucken.«

»Das macht doch nichts. Ist sogar schön, dass ich mal nicht erkannt werde. Was denken Sie, wie viele Leute mich bedrängen, weil sie glauben, mich zu kennen? Als wäre ich im Leben genau wie Schwester Helene.«

Vor der Pizzeria reichen sich die beiden Frauen die Hand.

»Ich habe übrigens bislang heterosexuell gelebt, war bis vor Kurzem verheiratet und bin jetzt seit ein paar Monaten glücklich geschieden. Habe keine Kinder. Ihre Mutter hat Sie geoutet, also oute ich mich jetzt selbst.«

»Danke für die Auskunft. Das war ein ungewöhnlicher Abend. Ich danke Ihnen.«

Lea berührt kurz mit der Hand den Arm der Ärztin. Am liebsten würde sie Frau Dr. Manzel umarmen. Sie tritt ein paar Schritte zurück, winkt wie ein kleines Mädchen.

»Wir sehen uns.«

»Ja, wir sehen uns.«

14

Verschwitzt und aufgebracht wühlt sich Lea durch
den riesigen Schleiflackschrank ihrer Mutter. Sie
wirft jahrzehntealte Handtücher und Bettwäsche mit
Stockflecken hinter sich auf die Vaterseite des Doppelbetts. Seit Jahren hat ihre Mutter immer nur die
eine Betthälfte bezogen. Auf der früheren Bettseite
ihres Vaters liegt weder eine Zudecke noch ein
Kopfkissen. Lediglich die Matratze ist mit einem
Spannlaken bezogen. Beim Anblick der grau-rosa
Tagesdecke mit mindestens fünf Zentimetern Gefäl-
le in der Hälfte des Bettes könnte sie ausrasten.

Auf dem Mutternachttisch liegt ein Sammelsurium
angegilbter Taschenbücher, Papiertaschentuchpäck-
chen und nicht richtig verschlossener Cremetöpfchen.
Sein ehemaliger Nachttisch ist völlig blank.

Warum hat sie sich kein neues Bett angeschafft?

Sie hat vor, das ganze Zeug zu einer Kleiderkam-
mer zu karren. Wütend stopft sie Waschlappen und
Gästehandtücher in einen Kopfkissenbezug.

Wieso hortet sie dreißig Gästehandtücher? Sie hatte doch
sowieso keinen Besuch!

Es ist noch keine zwei Stunden her, da stand Saskia
mal wieder direkt vor ihrer Wohnungstür. Klingelte,
klopfte lautstark, bis sie schließlich öffnete, weil es
ihr wegen der Nachbarschaft unangenehm wurde.

Saskia war hereingestürmt und legte schon im

Flur los. Wieso sie am Abend zuvor mit einer Frau in einer Pizzeria in der Südstadt gewesen sei. In einem selbstgerechten, vorwurfsvollen Ton fragte sie, wer die Frau überhaupt sei, drängte sie gegen die Garderobe. Kurz war sie fassungslos, aber dann nur noch wütend. Sie schubste Saskia von sich weg und streckte ihr ihre rechte Hand wie ein Stoppzeichen entgegen. Diese Frau musste aus ihrem Leben verschwinden, soviel war klar.

»Stalkst du mich etwa? Bin ich dir Rechenschaft über meine Abende schuldig? Ich habe dir gesagt, dass ich diese Enge nicht ertrage, dass ich Abstand von dir brauche. Du wanzt dich in mein Leben, gibst dich hilfsbereit, aber du willst mich kontrollieren, mich aussaugen. Und ständig diese Anrufe und diese SMSen!«

Ihre Stimme hatte sich überschlagen. Sie riss die Wohnungstür auf und brüllte:

»Raus hier, sofort. Solltest du noch einmal auftauchen, mir irgendwo auflauern, rufe ich die Polizei. Ich zeige dich an. Ich weiß, dass du einer deiner Ex-Geliebten vor zwei Jahren nachgestellt hast! Das ist krank!«

Saskias verzerrtes Gesicht wurde weiß vor Wut. Sie knackte mit ihren Fingergelenken. Wirkte wie eine Boxerin, die jeden Moment zuschlägt.

»Das wirst du noch bereuen. Ich werde dich fertigmachen.«

Sie stieß sich von der Flurwand ab, näherte sich bedrohlich.

»Scheiß drauf. Verschwinde! Sofort! Der eine Nachbar hat dich hier schon öfter an der Tür randalieren gehört, hat dich auch gesehen. Vermutlich bist du nicht scharf drauf, als Stalkerin im Express geoutet zu werden. Könnte deinem Ruf als Autorin schaden! Raus jetzt.«

Saskia hatte noch mit dem Zeigefinger auf sie gedeutet. War das eine Mafiadrohgeste? Dann war sie ohne ein weiteres Wort ins Treppenhaus verschwunden. Nachdem sie die Wohnungstür hinter ihrer beendeten Affäre zugeworfen hatte, begannen ihre Beine zu zittern. Sie lehnte sich gegen die Tür, versuchte, ihren Atem zu beruhigen.

Wie konnte ich nur mit der was anfangen? Sie wird versuchen, mich aus der Serie rauszuschreiben. Auch egal. Ich habe gar keine Lust mehr auf die Serie. Humor hat sie auch keinen. Das wäre nie was geworden. Sich selbst mal auf die Schippe zu nehmen, käme ihr nie in den Sinn. Falls sie mich nochmal belästigen sollte, mache ich Ernst. Ich engagiere einen privaten Sicherheitsdienst. Die Polizei kann ich vergessen. Da muss erst Blut fließen. Aber eitel, wie sie ist, wird sie Schiss haben und Ruhe geben.

Lea schafft zwei prall gefüllte Kopfkissenbezüge aus dem Weg und nimmt sich die andere Schrankhälfte vor. Sie wird allmählich ruhiger. Sie sortiert gut erhaltene Bettwäsche auf einen Stapel: Die kann ihre Mutter im Heim benutzen. Trotz allem Ärger: Es fühlt sich gut an, dass sie diese lästige Arbeit hier endlich angeht.

Bilder von Saskia geistern ihr durch den Kopf. Anfangs fühlte sie sich von ihr umsorgt, ihre Aufmerksamkeit war Balsam.

Es muss Abgründe in ihr geben. So eine kluge Frau, attraktiv, erfolgreich. Vom äußeren Anschein her würde niemand glauben, dass sie anderen nachstellt. Kein Nein erträgt.

Sie entdeckt ein Bündel Briefe ganz hinten in einem Fach. Sie sind mit einem verblassten Band verschnürt. Sie stöhnt laut. Bläst die Backen auf.

Ich will keine geheimen Liebesbriefe lesen! Die werfe ich sofort weg!

Sie holt eine Plastiktüte aus der Küche, stopft die Briefe hinein, ohne sie genauer anzuschauen, und stellt die Tüte vor die Wohnungstür. Und dann kommt beim nächsten Griff in die Untiefen des Schrankes die nächste Überraschung. Beinahe hätte sie aufgeschrien, als sie das Gummiding in ihrer Hand fühlt. Ein Plastikpenis, unverhüllt, im Schrank ihrer Mutter!

Scheiße, das will ich gar nicht wissen! Und so verdammt vulgär. Es gibt geschmackvolle, glatte Dildos in Pastellfarben.

Sie wirft das Ding an die Wand hinter dem Kopfteil des Bettes. Es prallt ab und landet auf der Tagesdecke. Auf der Vaterseite. Sie beginnt, unkontrolliert zu kichern, lässt sich rückwärts auf das Bett fallen. Tränen laufen über ihr Gesicht, sie muss sich den Bauch halten vor Lachen.

Wer hätte das gedacht?

Immer neue Lachanfälle beuteln ihre Bauchmuskeln. Irgendwann wirft sie ein Küchenhandtuch über das Ding und überlegt, ob sie es ihrer Mutter ins Heim mitbringen soll. Vielleicht heimlich hinten in den Schrank stopfen soll.

15

Die tief stehende Sonne wirft ein weiches Licht auf die Hausfassaden, die Stadt scheint in Rosa und Gold getaucht. Es ist Herbst, stellt sie erstaunt fest.

Sie lächelt. Schon lange nicht mehr hat Paris sie so bezaubert. Ihr ist leicht zumute. Hüpfen wäre eine Option. Die ersten Blätter fallen, die Baumkronen leuchten in Gelb und Orange.

An der Ecke von Brigittes und Annies Wohnstraße betritt sie den kleinen Lebensmittelladen und geht direkt auf das Kühlregal mit den alkoholischen Getränken zu. Rosé muss es sein. Sie greift nach einer Flasche Taittinger Brut und ist schon an der Kasse.

»Gibt es etwas zu feiern, Madame?«

Der ältere Herr, dem der Laden gehört, trägt wie immer seinen grauen Kittel, und sein Lächeln lässt unzählige Fältchen um seine Augen entstehen. In den letzten Wochen hat Nathalie oft hier eingekauft. Der Laden ist altmodisch, ziemlich unscheinbar, aber es gibt alles, was man braucht. Dass es sogar eine winzige Frischetheke mit Käse aus der Auvergne gibt, hätte von außen niemand vermutet! Die Nachbarschaft liebt diesen Laden, kauft morgens Weißbrot und Croissants, mittags belegte Sandwichs und auf dem Nachhauseweg schnell noch Getränke, Käse, frische Tomaten.

»Ja, Monsieur Abdel. Ich werde mein Leben verändern.«

»Dann gratuliere ich, Madame. Einen schönen Abend.«

»Ihnen auch, Monsieur.«

Madame Abdel ist letztes Jahr gestorben. Die Töchter drängten ihren Vater, in Rente zu gehen, den Laden aufzugeben, aber nachdem er sechs Wochen zugesperrt, eine Reise durch seine Heimat gemacht hatte, öffnete er das Geschäft wieder. Er liebte seine Kunden und Kundinnen, er liebte die gewohnten Tätigkeiten, auch wenn seine Frau ihm vorausgegangen war, wie er es Brigitte gegenüber in einem vertraulichen Moment formuliert hatte.

Nathalie hört Brigitte und Annie lachen, als sie die Wohnungstür aufschließt.

Die beiden hantieren in der Küche. Brigitte ist dabei, einen großen Kopf Endiviensalat in zwei Hälften zu schneiden, Annie braust Tomaten im Waschbecken ab. Gekochte Eier, Kapern und Zwiebeln befinden sich bereits in der Keramikschüssel auf der Anrichte. Käseplatte und Baguette stehen auf dem Esstisch.

»Nathalie, du kommst genau im richtigen Moment. Der Salat ist gleich fertig.«

Brigitte schaut auf.

»Oh, Champagner. Wie edel. Was gibt es zu feiern?«

Nathalie holt Gläser aus dem Schrank und öffnet routiniert die Flasche.

»Gekonnt ist gekonnt, was?«, meint Annie und trocknet sich die Hände.

Ich werde das gemeinsame Leben mit den beiden vermissen.

»Erzähle ich euch gleich. Erst wird angestoßen. Darf ich schon vom Käse naschen? Ich habe so einen Hunger!«

Sie atmet die verschiedenen Küchendüfte ein. Der muffelige Käsegeruch, gemischt mit süßlich-scharfem Zwiebeldunst und dem essigsauren Hauch der eingelegten Kapern, lässt ihr das Wasser im Mund zusammenlaufen. Nathalie füllt gleichmäßig die Sektkelche, ohne dass auch nur ein Tropfen Champagner überläuft. Die drei Frauen lassen die Gläser klingen, nehmen einen großen Schluck und stellen gleichzeitig seufzend das Glas wieder ab.

»Herrlich. Tolles Bouquet. Manchmal ist das Leben so einfach!«

»Ja, ja, zu jeder Zeit ein Gläschen roséfarbenes Sprudelgesöff und schon siehst du alles durch die rosarote Brille!«, flachst Annie und grinst Brigitte frech an.

Nathalie schneidet sich ein Stück von einem alten Hartkäse ab und stopft es in den Mund. Sie kaut, stöhnt zufrieden und lässt sich auf einen Stuhl fallen.

»Ich werde euch nur noch ein paar Tage auf den Wecker gehen«, sagt sie lachend, nimmt noch einen Schluck und greift nach dem Brot.

»Dachte ich mir schon«, meint Annie und zieht einen Schmollmund.

»Du weißt, wie gerne wir dich hier haben.«

»Und ihr wisst, wie gerne ich euch habe und wie schön das Leben zu dritt hier war – ist. Aber ich verspreche euch, dass wir uns künftig öfter besuchen, und ich bestehe darauf, dass wir gemeinsame Wochenenden hier bei euch oder bei mir verbringen. Freut ihr euch nicht auch ein bisschen, wenn ihr mal wieder alleine zu zweit seid?«

Sie schaut von Brigitte zu Annie, die einen bedeutungsvollen Blick wechseln.

»Ich verstehe.«

Nathalie lächelt, peinlich berührt.

»Annie freut sich darauf, endlich wieder lautstark mit mir streiten zu können, nicht wahr, ma chère? Oder woran hattest du gedacht, liebe Nathalie?«

Annie rollt mit den Augen, Nathalie möchte das Thema nicht weiter vertiefen und kommt auf ihr Anliegen zurück:

»Ich habe euch eine Menge zu erzählen.«

»Warte einen Moment, bis der Salat fertig ist.«

Brigitte hebt den Endiviensalat aus dem Sieb in die Salatschleuder.

»Ich liebe diesen Salat. Der ist so knackig, und wir haben ihn immer verschmäht. Danke, Nathalie, für die kulinarische Bereicherung.«

Nathalie gießt Champagner nach. Sie mag den Moment, wenn sie ein kleines bisschen beschwipst ist, und versucht – wie eine Surferin auf einer Welle –, diesen Zustand so lange wie möglich zu halten.

Dieser Serge ist ein netter Typ. Vom Temperament ähnlich wie Louis, nur ohne diesen verbissenen Ehrgeiz. Ein glücklicher Bäcker. Hat den Laden, zusammen mit seiner jüngeren Schwester, von den Eltern übernommen. Sie backen wie frü-

her, das kommt gut an bei den Leuten. Sein Lachen ist un-
glaublich einnehmend. Dass Louis so einen grundsoliden Ty-
pen auf einer seiner Touren kennengelernt hat, grenzt an ein
Wunder. Weil auch der fleißige Bäcker einmal die Woche
durch die einschlägigen Kneipen zieht und nach zwei Stunden
Schlaf wieder in der Backstube steht.

Sie seufzt vor Erleichterung.

Louis ist wie erlöst. Und ich bin es auch. Der ganze Stress
ist weg. Als wäre eine Eisenplatte von unseren Körpern ge-
hievt worden. Die Sorge, dass unser Leben auf das übliche
Vater-Mutter-Kind-Spiel hinauslaufen könnte, perdu! Die
Angst, dass ich ihm nicht genüge und er mich deswegen ver-
lässt. Weg!

Sie denkt kurz an das erste Treffen mit Louis,
nachdem seine Parallelwelt aufgeflogen war. Geweint
hat er. Ihr immer wieder seine Liebe versichert. Aber
er hat ihr auch sein Bedürfnis nach Sex mit Männern,
seine Lust als Frau auszugehen, als Frau begehrt zu
werden, gestanden. Diese lahme Bürgerlichkeit, die sie
als Paar verkörperten, bedrückte ihn. Er wollte mit ihr
leben, aber auch das andere Leben nicht aufgeben.

Sie war unglaublich überrascht, dass auch sie sich
plötzlich lebendiger und freier gefühlt hat. Entlastet.
Aber sie wollte nicht, dass Louis jede Woche allein in
die Bars ging und sich abschleppen ließ. Die Begegnung mit diesem Bruno im Louvre hatte ihr gereicht.
Er setzte sich Gefahren aus, damit konnte sie nicht
leben. Es hatte ein paar Wochen gedauert, bis Louis
ihre Bedingung akzeptierte und, völlig überraschend,
eine andere Lösung gefunden hatte.

»So, wir können!«

Brigitte stellt schwungvoll die Schüssel auf den Tisch. Die Frauen bedienen sich, brechen sich vom Brot ab und beginnen zu essen.

»Was ist jetzt? Gehst du wieder zu ihm zurück?«

Annies Frage klingt ein wenig schroff. Nathalie weiß, ihr ist Louis zu eitel, zu ehrgeizig. Sie findet es lächerlich, dass eine erwachsene Person den Präsidenten – an eine Präsidentin ist momentan, es sei denn, die Damen Le Pen/Maréchal würden bei der nächsten Wahl gewinnen, nicht zu denken – in einem Palast bedienen möchte. Sowas ist für Annie finsterer Feudalismus.

Den Damen Le Pen/Maréchal würde Louis bestimmt nicht dienen wollen. Könnte sogar sein, dass sich durch die Beziehung zu Serge Louis' Pläne mit der Zeit verändern.

»Ja, aber es wird vieles anders!«

Nathalie kichert nervös. Zwei Gläser Champagner auf fast nüchternen Magen machen sich bemerkbar.

»Oh, oh. Hast du dich etwa in eine Frau verliebt? Und ihr lebt künftig eine Ménage-à-trois?«

Brigitte lacht über ihren Scherz und nimmt sich ein weiteres Stück Brot.

»Nicht ganz. Louis hat einen netten Typen kennengelernt. Ich mag ihn auch. Er wird ein oder zwei Abende in der Woche mit ihm ausgehen und das ausleben, was ihm mit mir fehlt. Wir werden Zeit zu dritt verbringen. Zusammen kochen, Ausflüge machen. Mal sehen. Louis und ich bleiben zusammen, auch in der Wohnung. Und nein, ich werde mit Serge nichts haben. Im besten Fall werden wir Freunde.«

Brigitte und Annie steht buchstäblich der Mund offen.

»Es ist eine Riesenerleichterung für mich. Ich bin nicht eifersüchtig, wirklich nicht. Vielleicht kündige ich auch den Job und beende mein ewig unvollendetes Französischstudium!«

So, jetzt ist es heraus.

Brigitte gießt sich den letzten Schluck Champagner ins Glas und trinkt es in einem Zug aus.

»Entschuldigt, ich hole gleich eine Flasche Weißwein aus dem Kühlschrank. Das musste jetzt sein. Ich fasse es nicht: unsere kleine Nathalie als Femme fatale. Unglaublich.«

Die sonst so überkorrekte Annie zerkrümelt gedankenverloren ihr Weißbrot. Schließlich erwidert sie:

»Ich dachte, du würdest dich trennen. Wo er dich doch so hintergangen hat.«

Sie klingt alles andere als begeistert.

»Ja, du hast recht. Fast alle haben mir geraten, mich zu trennen. Aber es war gut, dass ich ein paar Wochen in Ruhe hier bei euch nachdenken konnte. Erst war ich nur verletzt. Aber ich wollte kein Opfer bleiben. Beides ist wahr: Dass er mich liebt und gerne mit mir zusammen ist und leider auch, dass er einen Teil seiner Sexualität nicht mit mir leben kann. Sex ist nicht das Wichtigste für mich. Er hat mich angelogen, er wollte mich nicht verlieren. Jetzt wollen wir nach vorn schauen, etwas Neues probieren. Offen miteinander reden. Ich glaube, dass auch für mich die zwanghafte Zweisamkeit nicht die passende Lebensform ist.«

»Oh, wie radikal unsere Nathalie geworden ist. Na, ihr traut euch was. Aber ich wünsche euch alles Gute. Kennen wir diesen Serge? Dieser Name! Da muss ich sofort an den lüsternen Serge Gainsbourg denken.«

Brigitte holt die Flasche Weißwein aus dem Kühlschrank und pult an der Metallfolie herum. Nathalie seufzt erleichtert. Brigitte hat nicht vor, sie weiter zu grillen.

»Keine Ahnung. Er führt mit seiner Schwester diese angesagte Bäckerei im Marais!«

»Die Boulangerie Petit Marais? Die kenne ich, und den hübschen Bäcker habe ich auch schon mal auf einer Party gesehen!«

Plötzlich wirkt Annie nicht mehr so ungehalten.

»Ja, genau. Er ist wirklich ein netter Typ. Er ist zurückhaltend, macht sich nicht breit zwischen uns. Mal sehen, wie es uns in einem Jahr geht.«

Brigitte gießt Wein in die Sektgläser.

»Kennt ihr den Film aus den siebziger Jahren von Coline Serreau? Pourquoi pas? Eine Dreiecksgeschichte: Zwei Männer, eine Frau, alle sind zusammen. War damals eine Sensation und sehr erfolgreich.«

Nathalie und Annie schauen sich achselzuckend an und lächeln etwas süffisant. Als dieser Film erschien, waren sie vermutlich noch nicht mal auf der Welt.

»Inzwischen haben wir gesellschaftlich wieder eine Rolle rückwärts gemacht, es ist so spießig geworden. Eine Beziehung muss alle Wünsche erfüllen. Lebenslange sexuelle Exklusivität selbstverständlich. Konventionen überall. Dämliche, durchorganisierte Hochzeiten mit Kutsche und einem überbezahlten Designerkleid mit hundert Meter langer Tüllschleppe. Und natürlich muss eine einmalig schnuckelige Kapelle gefunden werden, auch wenn niemand ernsthaft religiös ist!«

Annie schaut Brigitte kritisch an.

»Möchtest du unsere Beziehung vielleicht auch auf drei Personen ausdehnen?«

»Nein, ich bin im Moment sehr glücklich mit dir. Und was wirklich wunderbar an dir ist: Du flippst nicht gleich aus, wenn mir mal eine andere gefällt.«

Brigitte greift über den Tisch nach Annies Hand. Sie lächeln sich an.

Nathalie hebt ihr Glas: »Also dann – auf eine neue Zeit. Ich fühle mich voller Energie.«

»Alors on danse!«

Brigitte schwingt die Arme, als würde sie tanzen. Sie heben die Gläser, schauen sich in die Augen.

»Santé!«

»Danke, dass ich so lange bei euch wohnen durfte. Das vergesse ich euch nie!«

»Keine Ursache. Du bist eine sehr angenehme Mitbewohnerin.«

»Wir haben noch Vanilleeis im Gefrierfach! Wer möchte?«

Brigitte und Nathalie heben gleichzeitig den Arm. Annie steht langsam auf und streicht Nathalie sanft übers Haar.

»Alle Achtung, Nathalie. Ich freue mich für dich. Auch, dass du dich beruflich umtun willst.«

Nathalies Herz pocht etwas schneller. Es ist nicht leicht, Annies Anerkennung zu erringen.

Der Kühlschrank springt an. Nathalie lässt den Blick durch die Küche schweifen, in der sie in ein paar Tagen nicht mehr sitzen wird. Natürlich ab und an, als Besuch. Aber das ist nicht dasselbe. Der türkisfarbene Retrokühlschrank ist der Blickfang der Küche. Abgesehen von Brigittes Stillleben, auf dem genau dieser Kühlschrank als gemaltes Objekt daneben hängt.

Was wäre aus mir geworden, wenn ich nicht diese Kindheit gehabt hätte? Wenn meine Mutter eingeschritten wäre? Wäre ich fröhlicher, mutiger? Aber ich hatte Lea. Ohne sie ... Und ab heute versuche ich, das Vergangene noch weiter hinter mir zu lassen, jeden Tag etwas Ballast abzuwerfen. Ich möchte raus aus meinem Gefängnis!

Sie hat keine festen Erwartungen an die Zukunft. Aber Zuversicht. Das Leben ist ihr nichts schuldig. Lange, viel zu lange, dachte sie, dass ihr Bonuspunkte für das Erlittene zuständen, sie ein Anrecht auf Glück hätte. Aber so läuft es nicht. Sie wird jetzt neue Wege gehen. Vermutlich wird nicht alles gut, aber genau das bedeutet zu leben.

Es wird langsam dunkel. Gleich wird Brigitte die im Raum verteilten Lampen anknipsen. Ein tägliches Ritual. In jedem Raum dieser Wohnung befinden sich bestimmt fünf oder sechs Lichtquellen. Brigitte ist die Meisterin des Lichtes: Sie kreiert Stimmungen durch Anschalten oder Auslassen einer bestimmten Lampe.

Vielleicht kaufe ich auf dem Flohmarkt ein paar Lampen und experimentiere bei mir, bei uns zu Hause, ein wenig herum.

Plötzlich spürt Nathalie eine große Lust, mit Lea zu telefonieren.

Wie es ihr wohl geht? Wie lange ist das her, dass wir voneinander gehört haben? Ewig. Und es liegt an mir. Weil sie mich an früher erinnert. Aber dafür kann sie nichts. Ich sollte den ersten Schritt machen.

»Soll ich dir noch die Haare schneiden, bevor du uns verlässt? Du könntest mal einen anderen Cut vertragen! Oder eine andere Farbe!«

Annie ist Friseurin, Mitinhaberin eines ziemlich hippen Salons. Sie trägt ständig eine neue Frisur. Gerade fällt ihr eine lange, rosa gefärbte Strähne ins Gesicht, der Hinterkopf ist halb rasiert. Bei Brigitte kommt sie mit ihren Ideen nicht an. Brigitte trägt seit Jahrzehnten ihr dunkles welliges Haar schulterlang und mag ihre grauen Strähnen. Annie möchte ihr gerne einen Pixie Cut verpassen – Nathalie findet es bezaubernd, wenn Annie Pixie Kütt sagt. Aber Brigitte schüttelt immer wieder lachend den Kopf und lässt sich lediglich die Spitzen schneiden.

»Ich komme demnächst darauf zurück. Wenn ich nicht mehr für ParisCat arbeite. Jetzt mache ich noch einige Termine – ich möchte Geld zurücklegen, und da muss die Frisur so bleiben, wie sie ist. Aber dann!«

Nach dem Champagner ist der Weißwein eine Enttäuschung. Nathalie schiebt sich schnell ein Stück Brot in den Mund, um den Geschmack loszuwerden. Sie nimmt das Glasschüsselchen entgegen, das Annie ihr reicht.

Sie denkt an den radikalen Haarschnitt, den sie sich als Jugendliche verpasst hat.

Lea hat als Einzige verstanden, warum ich mich so verunstaltet hatte. Nein, stimmt nicht. Mein Vater hat es sofort gewusst. Er hat mir beim Frühstück eine runtergehauen. Ohne Kommentar. Meine Mutter saß daneben. Stumm. Aber sie schaute mich an, als würde sie mir am liebsten ins Gesicht springen.

»Sollen wir mal unsere schöne Tischrunde auflösen? Ich bin hundemüde. Liebes, kommst du mit?«

Annie reckt sich, gähnt und stellt die Dessertschälchen zusammen. Brigitte nickt, küsst Nathalie auf beide Wangen.

»Schlaf schön, meine Kleine. Wir frühstücken doch morgen früh zusammen?«

»Gerne. Geht nur. Ich bleibe noch einen Moment sitzen.«

16

Lea sitzt im Zimmer ihrer Mutter.

Der Fernsehapparat läuft, es ist kurz vor acht, gleich kommt die Tagesschau. Ihre Mutter döst in letzter Zeit bei Sprachgemurmel schnell ein, das ist ihr angenehm. Sie beschließt, noch eine halbe Stunde zu bleiben, dann nach der Pflegerin zu klingeln. Sie weiß, dass die Pflegekräfte der Meinung sind, dass sie selbst ihre Mutter ins Bett und zur Toilette bringen könnte, aber das wird sie nicht tun. Diese Art der Intimität wäre ihr unerträglich, und warum sollte sie sich Ärger und Streit einhandeln? Es ist nach wie vor nicht einfach, mit ihrer Mutter klarzukommen. Und bei Toilettengängen reagiert sie besonders wütend.

Sie lässt die Gedanken schweifen, stellt sich vor, ihre Mutter wäre eine liebevolle, die einzige Tochter unterstützende Person gewesen. Was wäre aus ihr geworden? Und dann ist da die Frage, welche Frau wäre aus ihr geworden, wenn sie nicht Nathalies Vater die Treppe hätte runterstürzen lassen? Wäre sie fröhlicher, entspannter, glücklicher?

Ta-ta, ta ta ta taaa!

Ihre Mutter schaut auf. Linda Zervakis begrüßt die Zuschauer und Zuschauerinnen.

»Oh, schon so spät! Hast du deine Schulaufgaben gemacht?«

Lea zuckt kurz zusammen.

»Ja, Mama. Ich habe mit Nathalie Hausaufgaben gemacht.«

Sie schaut ihrer Mutter ins Gesicht. Ist da ein Funke des Erinnerns?

»Ach, die Nathalie.«

Lea wird heiß, ihre Hände zittern. Sie atmet durch und redet einfach los:

»Die Nathalie wurde jahrelang von ihrem Vater vergewaltigt, jede Woche. Die Mutter hat angeblich nie was mitgekriegt, kam immer spät von der Arbeit. Die arbeitet hier, du siehst sie jeden Tag. Frau Drechsler. Irene. Du und Papa, ihr wolltet auch nichts wissen. Ich habe euch gehasst dafür. Ich konnte das nicht ertragen, Nathalie war meine Freundin. Ich musste ihr helfen. Ich habe die Sache beendet, eine Nylonschnur im Treppenhaus gespannt. Er ist, besoffen wie er war, gestürzt und bald darauf gestorben. Ihr hättet das verhindern können, wenn ihr was getan hättet, um den Mann zu stoppen. Ihn angezeigt hättet. Jetzt muss ich mit meiner Tat leben, Jahr für Jahr.«

Lea lässt ihren Körper in den Sessel sinken. Sie schließt kurz die Augen. Jetzt hat sie es gesagt. Ein für alle Mal.

»Du armes Kind!«

Lea hebt den Blick. Ihre Mutter schaut verloren auf den Bildschirm.

Hat sie mich verstanden? Es ist egal. Ich habe es einmal ausgesprochen. Vermutlich hat sie bloß auf meinen Tonfall reagiert.

Der Börsenbericht aus Frankfurt.

Blödes Geschwafel. Als hätten wir alle dicke Aktienpakete und nichts Wichtigeres im Kopf als den Dax.

Der Wetterbericht. Noch eine Viertelstunde, dann geht sie nach Hause. Frau Roth hat ihr eine Bolognese-Soße gekocht. Sie freut sich auf einen gemütlichen Abend allein. Gut, dass Saskia endlich die Segel gestrichen hat.

Die bin ich los. Ihre Karriere will sie sich nicht ruinieren. Ob ich dieser Tage mal Frau Dr. Manzel anrufen soll? Vielleicht gehen wir mal wieder zusammen essen. Nicht unbedingt in diese Pizzeria. Und vielleicht raffe ich mich auf und rufe Nathalie an. Ich vermisse sie. Seitdem mir ihre Mutter ständig über den Weg läuft, muss ich dauernd an sie denken.

In letzter Zeit hat sie sich oft an die Frankreichreise mit der Schulklasse zurückerinnert. Sie würde gerne mal wieder an die Ardèche fahren. Vielleicht eine längere Reise in den Süden unternehmen. Ihren Vertrag kündigen, endlich aus der Serie rauskommen. Nach einer Auszeit an einem Provinztheater neu anfangen. Sie würde sich finanziell einschränken müssen, aber das wäre kein Problem.

Ihre Mutter ist eingeschlafen. Im Fernsehen läuft eine Anwaltsserie deutscher Machart. Lea greift nach ihrer Tasche, steht leise auf und schleicht aus dem Zimmer.

Irene Drechsler schaut ihrer ehemaligen Lieblingsschauspielerin nach.

Die kommt jetzt immer so spät. Und ich kann wieder

zusehen, wie ich die Mutter ins Bett kriege. Andere Bewohnerinnen liegen längst im Bett. Kann die nicht aus meinem Leben verschwinden?

Als ihr klar wird, dass dies nur der Fall wäre, wenn Frau Wissler ausziehen oder sterben würde, hat sie für einen kurzen Moment ein schlechtes Gefühl.

Auf dem Flur kommt ihr Frau Griffert summend entgegen. Unter dem Arm hat sie eine Rolle Toilettenpapier, in der rechten Hand eine Grünlilie im Übertopf.

»Na, Frau Griffert, was haben Sie denn Schönes organisiert? Ah, ein Alpenveilchen!«

»Ja, herrlich.«

Die Bewohnerin liebt es, in fremde Zimmer zu gehen und sich zu nehmen, was ihr gefällt. Bilderbücher, Kleidung und gerne Zimmerpflanzen. Man muss geschickt agieren, um ihr die geklauten Dinge wieder abzuluchsen. Letzten Sommer wurde sie im nahe liegenden Park von der Polizei aufgegriffen und ins Heim zurückgebracht. Samt einer schönen Korbtasche, einer Strickjacke und einer Tafel Schokolade. Die Tasche samt Inhalt drückte sie fest an ihren üppigen Busen, und es war bis zum Abendessen unmöglich, ihr die Beute abzunehmen.

Frau Griffert öffnet die Tür zu einem Doppelzimmer. Es ist nicht ihr Eigenes.

»Kommen Sie, ich zeige Ihnen Ihr Zimmer.«

Irene Drechsler greift nach dem Arm der Bewohnerin, aber die schüttelt, mit erstaunlicher Kraft, ihre Hand ab.

»Lass mich los!«

Vermutlich denkt sie, ich wolle ihr die Rolle Klopapier wegnehmen. Soll sie doch machen, was sie will. Ich bringe jetzt die Wissler ins Bett.

17

Sie verlässt beschwingt das Studio. Sie fühlt sich leicht, als hätte sie jahrelang einen Rucksack voller Steine auf dem Rücken geschleppt, ohne zu wissen, dass sie ihn absetzen darf. Sie streckt ihre Arme aus und dreht sich einmal um die eigene Achse.

Es ist vorbei. Schwester Helene ist tot.

Es hat kein großes Aufheben um ihren letzten Drehtag gegeben. Einige wussten gar nicht Bescheid, und die, die Bescheid wussten, drückten sie kurz zum Abschied und waren schon wieder mit anderem beschäftigt. So war es eben. Vielleicht würde sie sich mit einigen ab und zu mal treffen, bis die Abstände zwischen diesen Begegnungen länger und länger würden und sich schlussendlich niemand mehr melden würde. Sie lächelt vor sich hin. Befreit. Sie drückt den mickrigen Nelkenstrauß, eine Abschiedsgeste der Redaktion, einer entgegenkommenden Kameraassistentin in die Hand und geht in Richtung Parkplatz.

Das Drehbuch, das Saskia vor Monaten voller Rachegelüste verfasst hatte, damals verworfen, war nach ihrer Kündigung aus der Schublade gezogen und heute abgedreht worden. Vier Szenen mit viel Text. Immerhin.

Saskia hat mir schaden wollen, hat mich aus der Serie rausgeschrieben. Schwester Helene wandert nach Neuseeland aus. Idiotisches Ende, da sie sich all die Jahre nie für Neusee-

land interessiert, nicht mal einen Urlaub dort verbracht hat.
Na ja, es hätte noch blöder sein können. Sie hätte sich infizie-
ren und an einer Sepsis sterben können. Obwohl – das wäre
gar nicht übel gewesen. Hätte eine Debatte über die große
Anzahl an Todesfällen durch Blutvergiftung in deutschen
Krankenhäusern auslösen können.

Zu spät.

In der letzten Szene, im Schwesternzimmer, feier-
te das Team Helenes Abschied mit Sekt und Häppchen. Klinikleiter und Oberärzte ließen sich kurz
blicken. Es wurde gelobt, in Kontakt zu bleiben, sich
regelmäßig zu schreiben, vielleicht sogar mal nach
Neuseeland zu kommen, das übliche Blabla. Wie bei
Die Ferien des Monsieur Hulot. Bei der Abreise tauscht
man Adresszettel aus, die kurz darauf in Fetzen aus
den Autofenstern segeln.

Vermutlich wollte niemand anschließend das Gleiche noch
mal in echt.

Wenn die Serie noch ein paar Jahre wiederholt wird, habe
ich weiterhin ein geringes, aber nicht zu verachtendes Ein-
kommen. Gut, dass ich damals einen Vertrag mit Recht auf
Wiederholungsgagen abgeschlossen habe. Diese Art der Ver-
träge gibt es heutzutage gar nicht mehr.

Ab Oktober wird sie wieder eine Gage beziehen.
Das Theater Karlsruhe zahlt ein Einheitsgehalt. Das
ist nicht mehr als Hartz IV. Freies Theater eben. Von
der Stadt gefördert. Die Gedanken an die neue Her-
ausforderung beschleunigen Leas Herzschlag.

Julia, eine andere Schwesterndarstellerin, hatte
gefragt, was zwischen ihr und Saskia vorgefallen sei.

Sie hat das mit einer wegwerfenden Handbewegung abgetan.

Lea ist bei ihrem Auto angelangt, steigt ein, lehnt ihren Kopf gegen die Stütze und seufzt.

Später besuche ich Ingrid im Heim. Sie wird mich kaum vermissen, wenn ich die nächsten Wochen unterwegs bin. Sie schläft viel, hört ihre Dusty-CD, schaut neuerdings gerne Kindersendungen und streichelt verliebt den Plüschesel.

Um sieben kommt Viola zum Essen.

Das neue Klingelschild mit ihrer beider Namen wurde heute an der Wohnungstür angebracht.

Viola Manzel. Wäre ein toller Name für eine Schauspielerin.

Ich freue mich auf sie. Frau Roth hat ihre Lasagne gemacht. Mal wieder.

Die liebe Frau Roth wird ab und an nach dem Rechten sehen, während ich weg bin, und meine Mutter besuchen. Vielleicht könnte Viola sie weiter beschäftigen, wenn sie übermorgen hier einzieht. Muss ich nachher dran denken. Sie hat doch überhaupt keine Zeit zu putzen. Seit ihrer Trennung hauste sie in einer winzigen Bude, aus der sie Ende des Monats sowieso rausgemusst hätte. Das mittlere Zimmer wird ihr Schlafzimmer werden, ich habe Platz für sie geschaffen.

Erstmal bin ich sechs Wochen weg. Dann werde ich zwischen Karlsruhe und Köln pendeln. Sind nur zwei Stunden mit der Bahn. Wenn ich spielfrei habe, setze ich mich in den Zug, lese die Zeitung und bin zu Hause. Die Lösung ist ideal: Ich kann meine Wohnung behalten und muss nur noch einen Anteil der Miete zahlen. Und bin nicht alleine, wenn ich nach Köln komme. Wer weiß, was daraus wird. Ich habe keine Eile.

Es ist schön, wieder regelmäßig mit Nathalie zu quatschen. Sie hat unsere Freundschaft wieder aufleben lassen. Hat einfach angerufen. Nach all den Jahren. Ich hatte ja selbst öfter an sie gedacht, aber dann doch nie versucht, ihre Telefonnummer herauszufinden.

Als ich ihre Stimme hörte, musste ich fast weinen. Unsere alte Vertrautheit war sofort wieder da. Erst da ist mir klar geworden, wie sehr ich sie vermisst habe. Bei uns beiden verändert sich gerade ganz viel. Was ihr Liebesleben betrifft, da hat sie nur Andeutungen gemacht. Aber auch Nathalie hat ihren alten Job gekündigt, möchte ihr Studium in Frankreich beenden und hat ab Spätherbst eine Arbeit in der Bibliothek des Deutschen Historischen Instituts Paris.

Schon nach unserem dritten oder vierten Telefonat hat sie die Idee, gemeinsam eine Südfrankreichreise zu unternehmen, ins Spiel gebracht. Nathalie hat noch sechs Wochen Ferien, bevor sie ihre neue Stelle antritt. Ob wir tatsächlich die ganze Zeit zusammen verbringen werden? Keine Ahnung. Die gemeinsamen Ferien sollen auf keinen Fall eine nostalgische Wiederholung unserer damaligen Ardèche-Reise werden. Weder sie noch ich möchte in einem Zelt schlafen. Und auch sonst: Wir wollen Neues erleben und nicht auf alten Pfaden wandern.

Wir sind nicht mehr die verstörten Jugendlichen von früher.

Ich, voller Hass auf meine Eltern und in Gedanken ständig mit meiner Tat beschäftigt. Sie, die sexuelle Gewalt im Gepäck und die unbändige Wut auf ihre Mutter.

Wir sind auch nicht mehr die naiven Studentinnen, die glaubten, mit dem Umzug nach Berlin alles hinter sich gelassen zu haben, und es nicht ertragen konnten, der anderen beim verzweifelten Zappeln im Haifischbecken der Universität bzw.

der Lesbenszene zuzuschauen. Nathalie verschanzte sich damals hinter ihren Büchern, las stapelweise französische Literatur, um ihre Bildungslücken zu füllen. Sie schottete sich von mir ab, wurde immer abweisender. Und ich stürzte mich in eine wilde Affäre nach der anderen, schlug mir die Nächte um die Ohren, um nicht nach Hause ins eigene Bett zu müssen. Ich fühlte mich unwiderstehlich und war doch nur ein einsames kleines Ding, das geliebt werden wollte.

Ich freue mich auf unsere gemeinsamen Ferien, wie ich mich schon lange auf nichts mehr gefreut habe. Obwohl: Wenn ich daran denke, dass Viola gleich zum Essen kommt, beschleunigt das meinen Herzschlag immens. Ich beginne, mich in sie zu verlieben. Sie ist, glaube ich, auch in mich verliebt, aber für sie ist alles neu. Ich werde sie vermissen, aber für sie ist es sicher ganz gut, sich über ihre Gefühle klar zu werden.

Nathalie hat sich befreit, ist kein Opfer mehr. Das ist das Schönste. Das macht mich glücklich.

Dass wir unsere Geschichte völlig hinter uns lassen könnten, ist eine Illusion. Ich rechne damit, dass ich im Traum Nathalies Vater die Treppe hinunterstürzen sehe. Momentan habe ich keine Angst davor. Wovor ich mehr Sorge habe ist, dass ich ihr alles erzählen könnte. Kurz vor dem Einschlafen gestern Nacht spukte mir eine solche Szene durch den Kopf. Wir waren betrunken, warfen uns alles Mögliche an den Kopf. Ich musste noch einmal aufstehen und mein verschwitztes T-Shirt wechseln.

Wir haben eine kleine Ferienwohnung am Rand von Uzès gemietet. Für zwei Wochen. Jede hat ihr Zimmer. Sie wird nicht mitkriegen, wenn ich einen Albtraum habe, und umgekehrt.

172

Dann sehen wir weiter. Aber zuerst verbringen wir eine Woche in Paris. Ich kann bei ihren Freundinnen Brigitte und Annie wohnen. Ich werde erfahren, wie und mit wem sie lebt. Und meine allerliebste Freundin Nathalie ganz neu entdecken. Ich kann es kaum fassen, dass sie anscheinend in einem richtig queeren Umfeld lebt. Sie hat nur Andeutungen gemacht. Wer sagt, dass wir uns nicht verändern können?

18

Lea zupft am enganliegenden Oberteil ihres grünen Plisseekleides. Das Strickgewebe ist aus verschiedenen recycelten Materialien hergestellt, aus diesem Grund hat sie sich überhaupt für dieses elegante Teil entschieden. Plisseekleider sind sonst nicht unbedingt ihr Ding.

Ich hätte ein Unterhemd anziehen sollen, das blöde Teil kratzt. Entpuppt sich schon beim ersten Tragen als Fehlkauf. Wieso habe ich das Kleid nur bestellt?

Sie erinnert sich an den spontanen Impuls, genau dieses auffällige, ausgestellte, sehr grüne Kleid mit dem plissierten Rock zu kaufen. Ein neues Kleid für eine neue Ära ihres Lebens. Sie wollte modisch etwas wagen, immerhin fuhr sie nach Paris.

Ich wollte Nathalie beeindrucken. Nicht in meinem üblichen sportlichen Look daherkommen.

Was ihr gelungen ist. Nathalie äußerte sofort ein Kompliment zu ihrem Kleid, als sie vor einer Stunde, mit feuchten Handflächen, an ihrer Wohnungstür klingelte. Nach einer kurzen Besichtigung der ausgesprochen heimeligen Wohnung sitzen sie jetzt auf der Straßenterrasse eines Bistros, gleich um die Ecke der Rue Caron.

Sie war gestern Abend sehr spät am Gare du Nord angekommen. Nathalie hatte sie am Bahnhof abgeholt. Sie war erleichtert festzustellen, dass sie Nathalie sofort mochte.

Nach einer verlegenen Umarmung sind sie, ohne viel zu reden, mit der Metro zu Brigitte und Annie gefahren, haben zu viert noch ein Glas Wein geleert, sich in Gesellschaft des munter plaudernden Paares gegenseitig beäugt, um sich ziemlich schnell wieder voneinander zu verabschieden. Und sich für heute am späten Nachmittag zu verabreden. Nathalie schien es unangenehm zu sein, dass sie nicht früher konnte, aber sie hatte einen Termin nicht verlegen können.

Brigitte und Annie, ganz die charmanten Gastgeberinnen, erzählten ihr, nachdem Nathalie gegangen war, recht freimütig, dass Nathalie noch vor Kurzem bei ihnen in dem kleinen Gästezimmer gewohnt hatte. Das hätte sie lieber von Nathalie selbst erfahren. Die Beiden waren nett, schienen aber gerne zu klatschen.

Die Holzstühle sind hübsch, aber unbequem.

Lea versucht, sich etwas mehr aufzurichten.

Die Lehne ist viel zu steil und ein Sitzkissen wäre auch nicht schlecht.

Der Kellner serviert ihre Aperol Sour und stellt ein Schälchen mit Oliven auf den kleinen Metalltisch.

Wie sind wir nur so schnell auf unsere Mütter zu sprechen gekommen?

Sie stoßen an, stellen die Gläser wieder ab und greifen gleichzeitig nach den Oliven. Ihre Hände berühren sich kurz, sie lächeln verlegen und ziehen die Hände wieder zurück.

»Du zuerst«, sagt Nathalie und dann: »Du begegnest also mindestens einmal die Woche meiner Mutter? Du Arme. Ich habe sie bestimmt drei oder vier Jahre nicht mehr gesehen. Habe ich dir am Telefon erzählt, dass sie hier in Paris war? Nein? Sie kam mit einem Reisebusunternehmen für drei Tage. Seilte sich von ihrer Reisegruppe ab, um sich mit mir in einem Café zu treffen. Das heißt, eigentlich habe ich sie in das Café bestellt, weil ich sie nicht bei mir zu Hause haben wollte. Das hört sich schrecklich an. Na ja. Schon nach einer halben Stunde konnte ich sie nicht mehr ertragen. Sie plauderte drauflos, als wären wir beste Freundinnen und nichts würde zwischen uns stehen.«

Nathalie verzieht das Gesicht. Lea kann nicht einschätzen, ob ihr Gesichtsausdruck ironisch gemeint ist oder ihre Abscheu widerspiegelt.

»Hast du nicht Sorge, dass sie sich irgendwie an deiner Mutter rächt? Sie piesackt? Sie konnte deine Mutter nie ausstehen.«

»Genauso wenig wie mich.«

Lea nagt hinter geschlossenen Lippen an einem Olivenkern, nimmt ihn schließlich aus dem Mund, legt ihn auf eine Papierserviette.

»Auf die Idee bin ich noch nicht gekommen. Aber es ist schon schräg, dass ausgerechnet deine Mutter nach all den Jahren als Pflegekraft für meine Mutter zuständig ist. Heißt es nicht, dass man sich immer zweimal im Leben trifft?«

Traut Nathalie ihrer Mutter tatsächlich zu, dass sie über-

griffig werden könnte? Wer bekäme das schon mit, wenn sie beim Waschen mal kräftiger hinlangte? Sie auf dem Toilettenstuhl ewig hocken ließe? Oder Schlimmeres?

»Ja. Komischer Spruch. Ich glaube nicht, dass es sich dabei tatsächlich nur um die Anzahl der Treffen handelt. Ich höre da fast eine Drohung heraus. Als käme im Leben alles erneut auf eine Waagschale. Als müsse man sich für seine Taten irgendwann verantworten.«

Plötzlich fühlt sich Lea unendlich erschöpft. Sie beobachtet Nathalie, wie sie sich eine der öligen schwarzen Oliven nimmt und sie, samt der kleingehackten Knoblauchstückchen, in den Mund steckt.

»Du guckst so merkwürdig. Wie damals, als du immer an deinen Fingerkuppen rumgeknibbelt hast.«

Nathalie kennt mich immer noch besser als jede andere Person auf der Welt. Sie scheint bis in die letzte Zelle meines Inneren sehen zu können.

Sie spürt, wie sie rot wird, und greift nach ihrem Aperol. Hastig nimmt sie einen Schluck. Ein Minzeblatt bleibt an ihrem Gaumen hängen. Sie räuspert sich, hustet, versucht, das kratzige Blättchen loszuwerden.

Jetzt habe ich wenigstens einen Grund für mein rotes Gesicht.

Wieso habe ich diese blöde Redensart ins Spiel gebracht? Und natürlich ist Nathalie sofort philosophierend unterwegs. Das hat sie schon in der Schule draufgehabt. Redensarten analysieren. Sollte ihre Mutter sich an meiner rächen, weil meine aus der Siedlung rauskam, weil …

Leas Knie zittern.

*Gleich wird sie mit dem Finger auf mich zeigen und sagen:
»... weil du meinen Vater umgebracht hast.«*

Sie krallt ihre Finger um die Holzlamellen ihres
Stuhles. Noch kann sie behaupten, der Alkohol würde ihr zusetzen, dazu das schwüle Wetter, ihre Auf-
regung wegen des Wiedersehens.

Sie sieht Nathalies erschrocken aufgerissene Augen, ihre plötzliche Blässe um Mund und Nase.

Sie denkt, ist das wirklich Denken, sie denkt, sie
könne das alles noch, sie sieht, sie sieht sich, wie sie
sich an dem massigen, leblosen Körper vorbeidrückt,
nein, niemals, niemals wird sie Nathalie, sie glaubt
vom Stuhl zu stürzen, sie ist sicher, dass sie gleich tot
vom Stuhl fällt.

Sie hört Nathalies unsicheres »Lea?«

Und nochmal. »Lea?«

Diesmal mit einem fordernden Unterton.

*Ich kann nicht mehr. Ich kann nicht mehr zurück. Sie
wird es sowieso ahnen.*

Sie muss schlucken, diese Enge in der Kehle loswerden. Sie will auf keinen Fall weinen. Sie ringt
nach Luft. Und bekennt, was sie Nathalie gegenüber
nie bekennen wollte.

»Ich habe deinen Vater umgebracht.«

Sie sackt gegen die Tischkante, vergräbt ihr Gesicht in den Händen, kann Nathalie nicht in die Augen schauen. Sie legt die Unterarme auf den Tisch
und spricht mit gesenktem Blick weiter.

»Ich habe eine Nylonschnur im Treppenhaus gespannt, und er ist darüber gestürzt. Ich wusste wann, du weißt schon. Anschließend habe ich Schnur und Haken und meine Werkzeuge entsorgt und bin ins Eiscafé. Damit ich nicht zu Hause bin, wenn ihn jemand im Treppenhaus entdeckt. Ich wollte nicht, glaub mir, ich wollte nicht, dass er stirbt. Er sollte weg sein. Ich dachte, dass er vielleicht im Rollstuhl landet. Und dich in Ruhe lassen muss. Wir beide zusammen auf die Jugendfreizeit in Frankreich fahren können. Niemand hat damals reagiert. Meine Eltern nicht, deine Mutter nicht. Ich werde sie ewig dafür verachten. Ich wusste nicht weiter, wollte dir helfen.«

Sie atmet heftig ein, spürt Nathalies bohrenden Blick, ohne dass sie aufschauen muss.

»Ich wollte dich nie, niemals damit belasten. Es ist einfach so passiert. Als hätte der Satz jahrelang in meinem Kopf auf diesen Moment gewartet. Du kannst machen, was du willst, natürlich. Zeig mich an, schick mich weg. Wir können den Urlaub absagen, ich übernehme die Kosten. Jetzt ist es heraus, ich kann es nicht zurücknehmen. Ich mache alles, was du willst.«

Nathalie zieht die Luft durch die Zähne. Mit brüchiger Stimme sagt sie: »Du warst nicht für mich zuständig.«

Der Satz trifft Lea wie ein Schlag. Sie hört Schmerz und unterdrückte Wut. Sie schaut in Nathalies bleiches Gesicht.

Zum ersten Mal wird ihr klar, dass sie Nathalie die

Möglichkeit genommen hat, sich selbst von ihrem Vater zu befreien.

»Ich habe mich in all den Jahren manchmal gefragt, ob du mir etwas verheimlichst. Du hast dich damals verändert. Da war plötzlich so eine nicht greifbare Kluft zwischen uns. Aber ich habe den Gedanken immer wieder verworfen. Niemand, auch die Polizei nicht, hat daran gezweifelt, dass er einfach die Treppe runtergefallen ist. Aber du warst nicht mehr das Mädchen, das ich kannte. Vermutlich ist es sonst niemandem aufgefallen. Ich glaubte zu wissen, dass du dich natürlich freust, für mich freust, vielleicht trifft es freuen nicht so ganz, dass mein Vater tot war, es dir aber nicht anmerken lassen wolltest. Dich dafür geschämt hast. Wir haben nie über seinen Tod gesprochen. Er war weg und ich von ihm befreit. Ja, wir hatten dann schöne Tage in Frankreich, obwohl mir oft zum Heulen war. Später in Berlin haben wir uns immer weiter voneinander entfernt. Ich hatte dich, meine einzige Freundin, verloren. Ich glaubte, dass ich dir zu langweilig wäre.«

Nathalie hält inne, lächelt bitter.

»Letztendlich habe ich mich nicht wirklich von ihm befreit. Ich war ihn los, er konnte mir nichts mehr antun, aber die Zeit davor konnte niemand rückgängig machen. Und ich habe lange Jahre Therapie gebraucht, um meine Scham loszuwerden.«

Sie legt ihre Hände in den Schoß, schaut ins Leere.

Noch eine Sache mehr, die sich nicht rückgängig machen lässt. Jetzt weiß ich, warum mein Vater gestürzt ist. Es lag nicht am Alkohol. Das ändert an dem, was er mir angetan hat, nichts. Aber es bedeutet, dass Lea mir helfen wollte, mir geholfen hat. Was heißt das für mich, für sie? Sie hat einen hohen Preis dafür gezahlt, zahlt ihn immer noch. Kann ich, will ich ihr etwas von ihrer Last abnehmen?

Lea räuspert sich, erträgt die Stille zwischen ihnen nicht länger.

»Passiert das hier alles gerade oder träume ich? Du reagierst so ruhig, so besonnen.«

Lea betrachtet Nathalies ernstes Gesicht. Das dezente Make-up, den tadellosen Haarschnitt. Die violetten Schatten unter den Augen.

Sie ist so elegant geworden. Das kleine Mädchen aus der Siedlung ist verschwunden. Und ich, was mache ich? Da sitzt sie, mit ihrem aufrechten schönen Hals, ohne die eiserne Schelle ihrer Kindheit, die Tür zu ihrem Mädchenzimmer fest geschlossen, und ich reiße sie wieder auf.

Nathalie zuckt mit den Achseln.

»Das täuscht. Und analytisch denken konnte ich schon immer, selbst in den schlimmsten Situationen. Aber ich fühle mich völlig benommen. Ich kann noch nicht erfassen, was das für unsere Freundschaft bedeutet. Ob ich in deiner Schuld stehe. Nein, das ist vermutlich Blödsinn. Aber wie soll ich jetzt mit diesem Wissen umgehen? Mit deinem Freundschaftsdienst.«

Sie atmet tief durch, streicht eine Haarsträhne zurück.

»Ich beginne zu begreifen, dass mein Vater auch dein Leben bestimmt. Und du hast das alles diese langen Jahre mit dir herumgeschleppt. Du musst einsam gewesen sein mit deinem Geheimnis. Oder hast du es jemandem erzählt?«

Nathalie legt eine Hand auf Leas Hand. Tränen stehen in ihren Augen.

Lea schüttelt den Kopf. Kämpft auch mit den Tränen. Schluckt.

»Du bist mir nichts schuldig. Es war meine Entscheidung, du solltest es nie erfahren. Aber es stand zwischen uns. Immer. Ich muss für mich zu einem Abschluss damit kommen. Ich habe es meiner dementen Mutter erzählt. Ein schriftliches Geständnis verfasst und den Zettel verbrannt. Das hat geholfen. Aber obwohl ich dasitze wie ein Häufchen Elend, ist gerade etwas von mir abgefallen, die unsichtbare Last auf meinen Schultern, die ich schon für den Normalzustand gehalten habe. Mir ist, als könne ich besser atmen.«

Sie hält einen Moment inne.

»Wenn du zu dem Schluss kommst, dass meine Tat für immer zwischen uns steht …. Ach, was sage ich denn da, natürlich wird das immer zwischen uns stehen. Ich wollte ihn stoppen, aber er war dein Vater. Es war Selbstjustiz, das stand mir nicht zu.«

Nathalies Hand fühlt sich schwer an, Lea würde sich am liebsten von dem Gewicht befreien, lässt ihre Hand aber liegen.

Für einen Moment ist Lea zumute, als wäre jede Lebensenergie aus ihr geströmt, als läge sie als geplatzter Luftballon auf dem Asphalt.

Ich schaue Nathalie an und spüre …. nichts. Oder sogar Überdruss? Sie wird das Gehörte nie wieder vergessen. Meine Worte sind nicht rückholbar.

»Vielleicht muss sie nicht unüberbrückbar zwischen uns stehen, aber sie wird uns bis an unser Lebensende verbinden. Das Gesagte lässt sich nicht zurücknehmen. Aber ich mag jetzt nichts mehr denken. Es ist mir alles zu viel.«

Beide schauen sich schweigend für ein paar Sekunden in die Augen. Nathalie zieht ihre Hand zurück.

»Können wir durch die Straßen gehen, vielleicht zur Seine? Einfach nur gehen, nichts reden?«

»Ja, das können wir. Natürlich.«

»Wir werden einen Weg finden, damit umzugehen, so oder so, aber nicht heute.«

So oder so. Genau. Vermutlich werden wir uns nach unserem Spaziergang nie wiedersehen.

»Egal, was aus uns wird, ob wir uns wieder ertragen können oder nicht, ich werde dich niemals anzeigen. Du schleppst diese Schuld schon ewig mit dir herum, das muss schrecklich sein.«

Nathalie stockt einen winzigen Moment, holt Luft.

»Niemand hat jemals so viel für mich getan.«

19

Hier in dieser Reihe muss es irgendwo sein. Da ist es!

Sie hat sein Grab ausfindig gemacht. Es war nicht sonderlich schwierig. Die Angestellte der Friedhofsverwaltung kam nach nur fünf Minuten aus dem Archivraum und reichte ihr einen kleinen Zettel mit Angabe der Feldnummer und der Reihe.

Fast wäre sie daran vorbeigegangen.

Eine spirrelige, hochgewachsene Konifere verdeckt das verwitterte Holzkreuz. Die Jahreszahlen sind kaum zu erkennen. Außer einem hellblau blühenden Bodendecker wächst nichts auf der Grabfläche. Da ist keine Vase, kein verblühtes Gesteck. Nichts deutet darauf hin, dass jemand das Grab besucht, geschweige denn pflegt.

Die Buchsbaumeinfassung hat Lücken, sieht zerfressen aus. Voller Gespinste.

Der Zünsler.

Sie denkt, dass von ihm nur noch Knochen übrig sind. Dass da ein Ehemann und Vater im Grab liegt. Einem Grab, das von niemandem besucht wird.

Was mache ich hier?

Sie weiß nicht mehr, was sie sich dabei gedacht hat, hierherzukommen.

Es ist falsch, falsch, falsch, hier zu stehen.

Sie starrt auf das Holzkreuz, fühlt nichts.

Er ist kurz vor seinem fünfzigsten Geburtstag gestorben.

Ihre Hände sind schwitzig. Sie lehnt sich gegen

einen Grabstein in der Reihe dahinter. Stellt ihre Umhängetasche auf den Boden, registriert den Strauß gelber und oranger Gerbera in Folie, den sie am Friedhofseingang gekauft hat.

Sie zerrt die Blumen aus der Tasche, wirft sie samt Folie auf das armselige Grab und stürzt davon. Zurück auf dem Hauptweg kommen die Tränen.

Epilog

Übermorgen fahre ich mit Viola nach Paris. Wir nehmen den frühen Thalys, dann sind wir mittags am Gare du Nord. Wir machen zwei Wochen gemeinsam Urlaub. Obwohl, so richtige Ferien werden das erstmal nicht werden. Je näher Paris, die Begegnung mit Nathalie rückt, desto angespannter werde ich.

Ich bin froh, dass ich nicht allein fahren muss. Nathalie und ich werden uns nach zwei Jahren zum ersten Mal wieder begegnen. Wir haben ab und an gemailt, auch mal telefoniert, den Nachmittag und mein ungeplantes Geständnis beim Apéro mit keinem Wort erwähnt. Kann sein, dass es auch in Paris nicht dazu kommt. Vielleicht gibt es nichts mehr zu sagen.

Nein, das stimmt nicht ganz. Über die Tat selbst haben wir nicht gesprochen, aber über die Folgen einer Selbstanzeige.

Vor einem Jahr habe ich ihr in einer Mail geschrieben, dass ich mich von einer Juristin habe beraten lassen, ich immer noch nicht weiß, ob ich mich selbst anzeigen soll. Ob das der richtige Schritt sei.

Sie hat prompt geantwortet, dass es den richtigen Schritt nicht gäbe. Dass ich genug gebüßt hätte und ein Prozess nichts ändern würde. Außer dass sich aufgrund meiner Bekanntheit die Medien auf mich, sie und ihre Mutter stürzen würden. Daran hatte ich auch schon gedacht. Bei Gerichtsverfahren gilt der Grundsatz der Öffentlichkeit. Die Staatsanwaltschaft kann bei einem Prozess gegen eine Jugendliche, und das war ich damals, die Öffentlichkeit ausschließen, aber niemand garantiert mir, dass die Presse keinen Wind davon bekommt. Nathalies Leid soll auf keinen Fall in irgendwelchen Klatschblättern ausgebreitet werden.

Die Juristin meinte außerdem, dass meine Selbstanzeige wahrscheinlich nicht zu einem Verfahren führen würde. Ich war damals strafmündig, aber Totschlag mit Todesfolge verjährt in den meisten Fällen nach zwanzig Jahren. Die sind vergangen.

Vielleicht würde ein Gericht meine Tat eher als gefährliche Körperverletzung mit Todesfolge einschätzen. Dazu käme der unterlassene Rettungsversuch. Strafmildernd wäre der Umstand, dass ich aus Verzweiflung gehandelt hätte. Ob es mir an Unrechtsbewusstsein gefehlt hat, kann ich heute nicht mehr sagen. So oder so, selbst wenn ich mich den Rest meines Lebens mit meiner Tat rumschlagen werde, juristisch ist keine Strafverfolgung zu erwarten.

Viola und ich haben nächtelang geredet. Ich konnte nicht aufhören, habe ständig die gleichen Gedanken formuliert. Bis es ihr zu viel wurde. Sie stand auf, sagte, dass es ihr jetzt reiche, sie ihre Meinung geäußert habe, sie nichts mehr davon hören wolle, und ging ins Bett. Ihre radikale Gesprächsverweigerung zu diesem Thema war bitter nötig. Nachdem ich jahrelang geschwiegen hatte, konnte ich jetzt nicht mehr aufhören mit meinen Selbstanklagen. Und sie war die Leidtragende.

Sie versteht mein Bedürfnis nach Bestrafung, lehnt aber eine Selbstanzeige ab, weil es wichtiger sei, Nathalies Wunsch zu respektieren, ich mein Bedürfnis nach Entlastung also zurückstellen muss. Sie hat mir vorgeschlagen, eine Institution, die junge Frauen mit sexuellen Gewalterfahrungen therapeutisch begleitet, finanziell zu unterstützen. Das werde ich unbedingt tun.

Ich habe Nathalie von Viola erzählt, dass ich seit einem Jahr mit ihr zusammen bin, dass sie mir guttut und wir sehr verliebt sind. Ich habe ihr von meinem Theaterengagement in Karlsruhe erzählt und dass ich zwischen Köln und Karlsruhe pendle. Dass meine Mutter kaum noch ansprechbar ist und ihre Mutter in einem anderen Wohnbereich arbeitet, worüber ich sehr froh bin. Ganz unbefangen waren unsere Telefonate nicht, aber da war immer ein tiefes, vertrautes Gefühl.

Ich habe uns ein Hotelzimmer im 19. Arrondissement gebucht. Brigitte hat mir angeboten, bei ihnen zu wohnen, aber zu viert würden wir uns zu sehr auf der Pelle hängen. Das Bett in ihrer Gästekammer ist auch zu schmal. So ist es besser.

Viola und ich haben den ersten Nachmittag und Abend in Paris ganz für uns. Es gibt da einen Aussichtspunkt, nur zwei Metrostationen vom Hotel entfernt, wo man bei Wein und Käseplatte einen fantastischen Blick über die Stadt hat. Sie war noch nie in Paris, ich wünsche mir sehr, dass es ihr gefällt und ich ein wenig als Stadtführerin glänzen kann.

Wir bleiben eine knappe Woche in Paris, dann fahren wir weiter in die Normandie. Zu zweit.

Diesmal werde ich Louis kennenlernen und seinen Freund. Serge. Nathalie hat uns zum gemeinsamen Frühstück in die Rue Caron eingeladen. Wir werden die besten Hörnchen und Pains au chocolat von Paris genießen.

Nathalie wirkte bei unserem letzten Telefongespräch, ja was? Glücklich?

In der Nacht nach meinem Geständnis hatte ich mich schweißgebadet auf dem Bett bei Brigitte und Annie gewälzt. Die Kopfschmerzen wollten nicht aufhören, die Selbstvorwürfe auch nicht. Nathalie hatte ganz offensichtlich einen Weg gefunden, mit ihrer Vergangenheit umzugehen, und ich hatte sie zurück in reißende Strudel gezerrt.

Im Herbst schließt sie ihr Studium ab, und wenn sie von ihrer Arbeit erzählt, blüht sie richtig auf. Es war überfällig, dass sie bei der Cateringfirma aufgehört hat.

Mit Louis ist sie anscheinend glücklicher als zuvor. Ich kann es mir nur schwer vorstellen, aber ihr macht es nichts aus, dass er auch mit Serge zusammen ist. Sie hat endgültig entschieden, dass sie kein Kind will. Sie hat zu viel Angst, dass sie ihren seelischen Knacks, so hat sie es formuliert, an ein Kind weitergibt. Sie hat sich lange damit beschäftigt. Für Louis wäre es auch in Ordnung, meinte sie, es war ihm nie besonders wichtig, seine Gene weiterzugeben.

Sein Partner hat zwei Schwestern mit kleinen Kindern, die gerne mal einen Tag ohne Streit und Geheule verbringen. Dann machen die drei mit den Nichten und Neffen von Serge Picknicks im Park, spielen Federball und was weiß ich nicht alles, und geben abends, völlig geschafft und zufrieden, die Kleinen wieder zu Hause ab.

Ich bin verdammt froh, erleichtert, dass Nathalie ein gutes Leben hat. Als ich damals aus Berlin weg bin, ohne große Vorankündigung nach München zu Johanna gezogen bin, die ich bei einem Filmfestival kennengelernt hatte, Nathalie nicht ans Telefon ging, hatte ich Angst, dass sie sich umbringen könnte. Sie ging nicht mehr zur Uni, zog sich immer mehr von ihren wenigen Freundinnen zurück. Das Studieren an der FU entsprach kein bisschen ihren romantischen Erwartungen. Jetzt in Paris ist sie in ihren Seminaren eine bewunderte Ausnahmeerscheinung. Und sie genießt die Rolle als lebenserfahrene Studentin.

Ich kann kaum ausdrücken, wie sehr ich mich für sie freue.

Es wird schön werden in Paris.